T0019740

Contemporánea

Adolfo Bioy Casares nació en Buenos Aires el 15 de septiembre de 1914. Desde niño se interesó por la literatura, que descubrió en la biblioteca familiar donde abundaban los libros de autores argentinos y extranjeros, en especial ingleses y franceses. Publicó algunas obras en su primera juventud, pero su madurez literaria se inició con la novela *La invención de Morel* (1940), a la que siguieron otras como *Plan de evasión* (1945), *El sueño de los héroes* (1954), *Diario de la guerra del cerdo* (1969), *Dormir al sol* (1973) y *La aventura de un fotógrafo en La Plata* (1985), así como numerosos libros de cuentos, entre los que destacan *La trama celeste* (1948), *Historia prodigiosa* (1956), *El lado de la sombra* (1962), *El héroe de las mujeres* (1978) e *Historias desaforada*s (1986). Publicó asimismo ensayos, como *La otra aventura* (1968), y sus *Memorias* (1994). En colaboración con Silvina Ocampo, su esposa, escribió la novela *Los que aman, odian* (1946), y con Jorge Luis Borges varios volúmenes de cuentos bajo el seudónimo H. Bustos Domecq. Los tres compilaron la influyente *Antología de la literatura fantástica* (1940). Maestro de este género, de la novela breve y del cuento clásico, fue distinguido con el Premio Cervantes de literatura en 1990. Murió en su ciudad natal el 8 de marzo de 1999.

Adolfo Bioy Casares

El sueño de los héroes

DEBOLS!LLO

Papel certificado por el Forest Stewardship Council®

Primera edición: marzo de 2022

© 1954, Adolfo Bioy Casares
© 2022, Herederos de Adolfo Bioy Casares
© 2022, Penguin Random House Grupo Editorial, S. A. U.
Travessera de Gràcia, 47-49. 08021 Barcelona
Diseño de la cubierta: Penguin Random House Grupo Editorial / Raquel Cané
Imagen de la cubierta: © Archivo Horacio Cóppola
Fotografía del autor: © Alicia D'Amico

Printed in Spain – Impreso en España

ISBN: 978-84-663-6024-1
Depósito legal: B-858-2022

Compuesto en M. I. Maquetación, S. L.

Impreso en Novoprint
Sant Andreu de la Barca (Barcelona)

P 3 6 0 2 4 1

El sueño de los héroes

I

A lo largo de tres días y de tres noches del carnaval de 1927 la vida de Emilio Gauna logró su primera y misteriosa culminación. Que alguien haya previsto el terrible término acordado y, desde lejos, haya alterado el fluir de los acontecimientos, es un punto difícil de resolver. Por cierto, una solución que señalara a un oscuro demiurgo como autor de los hechos que la pobre y presurosa inteligencia humana vagamente atribuye al destino, más que una luz nueva añadiría un problema nuevo. Lo que Gauna entrevió hacia el final de la tercera noche llegó a ser para él como un ansiado objeto mágico, obtenido y perdido en una prodigiosa aventura. Indagar esa experiencia, recuperarla, fue en los años inmediatos la conversada tarea que tanto lo desacreditó ante los amigos.

Los amigos se reunían todas las noches en el café Platense, en Iberá y avenida Del Tejar, y, cuando no los acompañaba el doctor Valerga, maestro y modelo de todos ellos, hablaban de fútbol. Sebastián Valerga, hombre parco en palabras y propenso a la afonía, conversaba sobre el turf —«sobre las palpitantes competencias de los circos de antaño»—, sobre política y sobre coraje. Gauna, de vez en cuando, hubiera comentado los Hudson y los Studebaker, las quinientas millas de Rafaela o el

Audax, de Córdoba, pero, como a los otros no les interesaba el tema, debía callarse. Esto le confería una suerte de vida interior. El sábado o el domingo veían jugar a Platense. Algunos domingos, si tenían tiempo, pasaban por la casi marmórea confitería Los Argonautas, con el pretexto de reírse un poco de las muchachas.

Gauna acababa de cumplir veintiún años. Tenía el pelo oscuro y crespo, los ojos verdosos; era delgado, estrecho de hombros. Hacía dos o tres meses que había llegado al barrio. Su familia era de Tapalqué: pueblo del que recordaba unas calles de arena y la luz de las mañanas en que paseaba con un perro llamado Gabriel. Muy chico, había quedado huérfano y unos parientes lo llevaron a Villa Urquiza. Ahí conoció a Larsen: un muchacho de su misma edad, un poco más alto, de pelo rojo. Años después, Larsen se mudó a Saavedra. Gauna siempre había deseado vivir por su cuenta y no deber favores a nadie. Cuando Larsen le consiguió trabajo en el taller de Lambruschini, Gauna también se fue a Saavedra y alquiló, a medias con su amigo, una pieza a dos cuadras del parque.

Larsen le había presentado a los muchachos y al doctor Valerga. El encuentro con este último lo impresionó vivamente. El doctor encarnaba uno de los posibles porvenires, ideales y no creídos, a que siempre había jugado su imaginación. De la influencia de esta admiración sobre el destino de Gauna todavía no hablaremos.

Un sábado, Gauna estaba afeitándose en la barbería de la calle Conde. Massantonio, el peluquero, le habló de un potrillo que iba a correr esa tarde en Palermo. Ganaría con toda seguridad y pagaría más de cincuenta pesos por boleto. No jugarle una boleteada fuerte, generosa, era un acto miserable que después le pesaría en el alma a más de un tacaño de esos que no ven más allá de sus narices. Gauna, que nunca había jugado a las carreras, le dio los treinta y seis pesos que tenía: tan machacón y tesonero resultó el citado Massantonio. Después el muchacho pidió un lápiz y anotó en el revés de un boleto de tranvía el nombre del potrillo: Meteórico.

Esa misma tarde, a las ocho menos cuarto, con la *Última Hora* debajo del brazo, Gauna entró en el café Platense y dijo a los muchachos:

—El peluquero Massantonio me ha hecho ganar mil pesos en las carreras. Les propongo que los gastemos juntos.

Desplegó el diario sobre una mesa y laboriosamente leyó:

—En la sexta de Palermo gana Meteórico. Sport: $ 59,35.

Pegoraro no ocultó su resentimiento y su incredulidad. Era obeso, de facciones anchas, alegre, impulsivo, ruidoso y —un secreto de nadie ignorado— con las piernas cubiertas de forúnculos. Gauna lo miró un momento; luego sacó la billetera y la entreabrió, dejando ver los billetes. Antúnez, a quien por la estatura llamaban el Largo Barolo, o el Pasaje, comentó:

—Es demasiada plata para una noche de borrachera.

—El carnaval no dura una noche —sentenció Gauna.

Intervino un muchacho que parecía un maniquí de tienda de barrio. Se llamaba Maidana y lo apodaban el Gomina. Aconsejó a Gauna que se estableciera por su cuenta. Recordó el ofrecimiento de un quiosco para la venta de diarios y revistas en una estación ferroviaria. Aclaró:

—Tolosa o Tristán Suárez, no recuerdo. Un lugar cercano, pero medio muerto.

Según Pegoraro, Gauna debía tomar un departamento en el barrio norte y abrir una agencia de colocaciones.

—Ahí, repantigado frente a una mesa con teléfono particular, hacés pasar a los recién llegados. Cada uno te abona cinco pesos.

Antúnez le propuso que le diera todo el dinero. Él se lo entregaría a su padre y dentro de un mes Gauna lo recibiría multiplicado por cuatro.

—La ley del interés compuesto —dijo.

—Ya sobrará tiempo para ahorrar y sacrificarse —respondió Gauna—. Esta vez nos divertiremos todos.

Lo apoyó Larsen. Entonces Antúnez sugirió:

—Consultemos al doctor.

Nadie se atrevió a contradecirlo. Gauna pagó otra «vuelta» de vermut, brindaron por tiempos mejores y se encaminaron a la casa del doctor Valerga. Ya en la calle, con esa voz entonada y llorosa que, años después, le granjearía cierto renombre en kermeses y en beneficios, Antúnez cantó «La copa del olvido». Gauna, con amistosa envidia, reflexionó que Antúnez encontraba siempre el tango adecuado a las circunstancias.

Había sido un día caluroso y la gente estaba agrupada en las puertas, conversando. Francamente inspirado, Antúnez cantaba a gritos. Gauna tuvo la extraña impresión de verse pasar con los muchachos, entre la desaprobación y el rencor de los vecinos, y sintió alguna alegría, algún orgullo. Miró los árboles, el follaje inmóvil en el cielo crepuscular y violáceo. Larsen codeó, levemente, al cantor. Éste calló. Faltaría poco más de cincuenta metros para llegar a la casa del doctor Valerga.

Abrió la puerta, como siempre, el mismo doctor. Era un hombre corpulento, de rostro amplio, rasurado, cobrizo, notablemente inexpresivo; sin embargo, al reír —hundiendo la mandíbula, mostrando los dientes superiores y la lengua— tomaba una expresión de blandísima, casi afeminada mansedumbre. Entre los hombros y la cintura, la extensión del cuerpo, un poco prominente a la altura del estómago, era extraordinaria. Se movía con cierta pesadez, cargada de fuerza, y parecía empujar algo. Los dejó entrar, sucesivamente, mirando a cada uno en la cara. Esto asombró a Gauna, porque había bastante luz, y el doctor debía saber, desde el primer momento, quiénes eran.

La casa era baja. El doctor los condujo por un zaguán lateral, a través de una sala, que había sido patio, hasta un escritorio, con dos balcones sobre la calle. Colgaban de las paredes numerosas fotografías de gente comiendo en restaurantes o bajo enramadas o rodeando asadores, y dos solemnes retratos: uno del doctor Luna, vicepresidente de la República, y otro del mismo doctor Valerga. La casa daba impresión de aseo, de pobreza y de alguna dignidad. El doctor, con evidente cortesía, les pidió que se sentaran.

—¿A qué debo tanto honor? —interrogó.

Gauna no contestó en seguida, porque le pareció descubrir en el tono una sorna velada y, para él, misteriosa. Se apresuró Larsen a balbucir algo, pero el doctor se retiró. Nerviosamente, los muchachos se movieron en sus sillas. Gauna preguntó:

—¿Quién es la mujer?

La veía a través de la sala, a través de un patio. Estaba cubierta de telas negras, sentada en una silla muy baja, cosiendo. Era vieja.

Gauna tuvo la impresión de que no le habían oído. Al rato, Maidana contestó, como despertando:

—Es la criada del doctor.

Trajo éste en una bandejita tres botellas de cerveza y algunas copas. Puso la bandejita sobre el escritorio y sirvió. Alguien quiso hablar, pero el doctor lo obligó a callarse. Los mortificó un rato con protestas de que era una reunión importante y que debía hablar la persona debidamente comisionada. Todos miraron a Gauna. Por fin, éste se atrevió a decir:

—Gané mil pesos en las carreras y creo que lo mejor es gastarlos en estas fiestas, divirtiéndonos juntos.

El doctor lo miró inexpresivamente. Gauna pensó: «Lo ofendí, con mi precipitación». Agregó, sin embargo:

—Espero que quiera honrarnos con su compañía.

—No trabajo en un circo, para tener compañía —respondió el doctor, sonriendo; después agregó con seriedad—: Me parece muy bien, mi amigo. Con la plata del juego hay que ser generoso.

La reunión perdió la tirantez. Todos fueron a la cocina y volvieron con una fuente de carne fría y con nuevas botellas de cerveza. Después de comer y beber consiguieron que el doctor contara anécdotas. El doctor sacó del bolsillo un pequeño cortaplumas de nácar y empezó a limpiarse las uñas.

—Hablando de juego —dijo—, ahora me acuerdo de una noche, allá por el veintiuno, que me invitó a su escritorio el gordo Maneglia. Ustedes lo veían, tan gordo y tan tembloroso, y ¿quién iba a decirles que ese hombre fuera delicado, una dama, con los naipes? De ser envidioso no me reputo —declaró mirando agresivamente a cada uno de los circunstantes— pero siempre lo envidié a Maneglia. Todavía hoy me pasmo si pienso en las cosas que ese finado hacía con las manos, mientras ustedes abrían la boca. Pero es inútil, una mañanita se le asentó el rocío y antes de veinticuatro horas se lo llevaba la pulmonía doble.

»Aquella noche habíamos cenado juntos y el gordo me pidió que lo acompañara hasta su escritorio, donde unos amigos lo esperaban para jugar al truco. Yo no sabía que el gordo tuviera escritorio, ni ocupación conocida, pero como las calores apretaban y habíamos comido bastante, me pareció conveniente ventilarme un poco antes de tirarme en el catre. Me asombró que se aviniera a caminar, sobre todo cuando vi cómo se le atajaba el resuello, pero todavía no me había dado pruebas de ser tacaño y aficionado al dinero. Pero más me asombré cuando lo vi meterse por el portón de una cochería. Se detuvo y, sin mirarme, dijo: "Aquí estamos, ¿no entra?". Yo siempre he sentido asco por las cosas de la muerte, así que entré achicado, a disgusto, entre esa doble fila de carrozas fúnebres. Subimos por una escalera de caracol y nos encontramos en el escritorio del gordo. Allí lo esperaban, entre humo de cigarrillos, los amigos. Les mentiría si les dijera qué cara tenían. O mejor dicho: me acuerdo que eran dos y que uno tenía la cara quemada, como una sola cicatriz, si ustedes me entienden. Le dijeron a Maneglia que un tercero —lo nombraron, pero no puse atención— no podía venir. Maneglia no pareció asombrarse y me pidió que reemplazara al ausente. Sin esperar mi respuesta, el gordo abrió un roperito de pinotea, trajo los naipes y los dejó sobre la mesa; después buscó un pan y dos tarros amarillos de dulce de leche; en uno había garbanzos para tantear y en el otro dulce de leche. Tiramos a reyes, pero comprendí que eso no tenía importancia; cualquiera que fuera mi compañero iba a ser compañero del gordo.

»La suerte, al principio, estaba indecisa. Cuando llamaba el teléfono, el gordo tardaba en atenderlo. Explicaba: "Para no hablar con la boca llena". Era una cosa notoria lo que ese hombre comía de pan y dulce. Cuando colgaba el tubo, se levantaba pesadamente y abría una ventanita endeble que daba sobre las caballerizas y por lo común gritaba: "Altar completo. Ataúd de cuarenta pesos". Daba las medidas y el nombre de la calle y el número. La gran mayoría de los ataúdes era de cuarenta pesos. Recuerdo que por la ventanita entraban emanaciones verdaderamente fuertes de olor a pasto y de olor a amoníaco.

»Puedo asegurarles que el gordo me dio una interesante lección de ligereza de manos. Hacia la medianoche empecé a perder de veras. Comprendí que las perspectivas no eran favorables, como dicen los chacareros, y que tenía que sobreponerme. Ese lugar tan fúnebre medio me desanimaba. Pero el gordo había cantado tantas flores sin que yo encontrara calce para la menor protesta, que me disgusté. Ya estaban ganándome otro chico esos tramposos, cuando el gordo dio vuelta sus cartas —un as, un cuatro y un cinco— y gritó: "Flor de espadas". "Flor de tajo", le contesté, y tomando el as se lo pasé de filo por la cara. El gordo sangró a borbotones y salpicó todo. Hasta el pan y el dulce de leche quedaron colorados. Yo junté despacio el dinero que había sobre la mesa y me lo guardé en el bolsillo. Después agarré un manotón de naipes y le enjugué la sangre al gordo, refregándoselos por la trompa. Salí tranquilamente y nadie me cerró el paso. El finado me calumnió una vez ante conocidos, diciendo que abajo del naipe yo tenía el cortaplumas. El pobre Maneglia creía que todos eran tan ligeros de manos como él.

II

No es verdad que los muchachos dudaran, siquiera alguna vez, del doctor Valerga. Comprendían que los tiempos habían cambiado. Si llegaba a presentarse la ocasión, el doctor no los defraudaría; sarcásticamente podría insinuarse que ellos, temerosos de que el inesperado azar de la violencia los convirtiera en víctimas, diferían y evitaban esa ocasión anhelada. Quizá Larsen y Gauna, en alguna confidencia a la que después no aludirían, habían sugerido que la facilidad del doctor para contar anécdotas no debía interpretarse en detrimento de su carácter; en los tiempos actuales, el inevitable destino de los valientes era rememorar hazañas pretéritas. Si alguien pregunta por qué este fácil narrador de su vida tenía fama de taciturno y de callado, le contestaremos que tal vez fuera una cuestión de voz o de tono y le pediremos que recuerde los hombres irónicos que ha conocido; convendrá con nosotros en que en muchos casos la ironía en la boca, en los ojos y en la voz era más fina que en las mismas palabras.

Para Gauna la discusión del coraje del doctor tenía alusiones y ecos secretos. Gauna pensaba: «Larsen recuerda la vez que crucé la calle para no pelear con el chico de la planchadora. O la vez que vino a casa el ranita Vaisman —realmente parecía una rana— acompañado de Fernandito Fonseca. Yo tendría seis o siete años; hacía poco que había llegado a Villa Urquiza. A Fernandito casi lo admiraba; por Vaisman sentía algún afecto. Vaisman entró solo en la casa. Me dijo que Fernandito le había contado que yo hablaba mal de él, y venía a pelearme. Yo me dejé impresionar mucho por la traición y por las mentiras de Fernandito y no quise pelear. Cuando lo acompañé a Vaisman hasta la puerta, Fernandito me hacía morisquetas desde atrás de los árboles. A los pocos días Larsen lo encontró en un baldío; hablaron de mí, y al rato los muchachos lo vieron a Fernandito colgado de la mano de una vecina, sangrando por la nariz, llorando y rengueando. Tal vez Larsen recuerde mi séptimo cumpleaños. Yo estaba muy convencido de la importancia de cumplir siete años y acepté boxear con un muchacho más grande. El otro no quería lastimarme y la pelea duró mucho; todo iba muy bien hasta que sentí impaciencia; tal vez me pregunté cómo acabaría eso; lo cierto es que me tiré al suelo y empecé a llorar. Tal vez Larsen recuerde aquel domingo que peleé con el negro Martelli. Era mulato, pecoso y entre las rodillas y la cintura se ensanchaba apreciablemente. Mientras yo le daba muchos golpes cortos en la cintura me preguntó cómo hacía para golpear tan fuerte. Durante unos segundos creí que hablaba en serio, pero después vi que en esos labios, por fuera celestes y por dentro rosados como carne cruda, había una sonrisa repugnante».

Larsen recordaba una tarde que apareció un perro rabioso y que Gauna lo mantuvo a raya con un palo, hasta que él y los demás muchachos huyeron. Larsen recordaba también una noche que durmió en casa de Gauna. Estaban solos con la tía de Gauna y poco antes de amanecer entraron ladrones. La tía y él estaban ofuscados por el susto, pero Gauna hizo un ruido con la silla y dijo: «Tomá el revólver, tío», como si su tío estuviera ahí; luego se asomó al patio tranquilamente. Larsen vio desde el fondo de la habitación un rayo de linterna alumbrando hacia el cielo, por arriba de la tapia, y vio abajo a Gauna, inerme, ínfimo, huesudo: la imagen del valor.

Larsen creía saber que su amigo era valeroso. Gauna pensaba que Larsen vivía medio acobardado pero que, llegada la ocasión, haría frente a cualquiera; de sí mismo pensaba que podía disponer, con indiferencia, de su vida; que si alguien le pedía que la jugaran a los dados, al agitar el cubilete no tendría ni muchas dudas ni muchos temores; pero sentía una repulsión de golpear con sus puños; quizá temía que los golpes fueran débiles y que la gente se riera de él; o quizá, como después le explicaría el Brujo Taboada, cuando sentía una voluntad hostil se impacientaba irreprimiblemente y quería entregarse. Pensaba que ésta era una explicación verosímil, pero temía que la verdadera fuera otra. Ahora no tenía fama de cobarde. Vivía entre aspirantes a guapo y no tenía fama de achicarse. Pero es verdad que ahora casi todas las peleas se resolvían con palabras; en el fútbol hubo algunos incidentes: asunto de tirarse botellas o pedradas o de pelear indiscriminadamente, en montón. Ahora el valor era cuestión de aplomo. Cuando uno era chico uno se ponía a prueba. Para él, el resultado de la prueba había sido que era cobarde.

III

Aquella noche, después de contar otras anécdotas, el doctor los acompañó hasta la puerta.

—¿Mañana nos encontramos aquí a las seis y media? —inquirió Gauna.

—A las seis y media empieza la sección vermut —sentenció Valerga.

Los muchachos se alejaron en silencio. Entraron en el Platense y pidieron cañas. Gauna reflexionó en voz alta:

—Tengo que invitar al peluquero Massantonio.

—Debiste consultar con el doctor —afirmó Antúnez.

—Ahora no podemos volver —dijo Maidana—. Va a pensar que le tenemos miedo.

—Si no lo consultan, se enoja. Es mi opinión —insistió Antúnez.

—No importa lo que piense —aventuró Larsen—. Pero imaginate cómo se va a poner si ahora lo molestamos para pedirle ese permiso.

—No es pedirle permiso —dijo Antúnez.

—Que Gauna vaya solo —aconsejó Pegoraro.

Gauna declaró:

—Tenemos que invitar a Massantonio —puso unas monedas sobre la mesa y se levantó— aunque haya que sacarlo de la cama.

La perspectiva de sacar de la cama al peluquero sedujo a todos. Olvidando al doctor y los escrúpulos que habían sentido por no consultarlo, se preguntaron cómo dormiría el peluquero e hicieron planes para entretener a la señora mientras Gauna hablaba con el marido. En la exaltación de los proyectos, los muchachos caminaron rápidamente y se distanciaron de Larsen y de Gauna. Éstos, como de acuerdo, se pusieron a orinar en la calle. Gauna recordó otras noches, en otros barrios, en que también, sobre el asfalto, a la luz de la luna, habían orinado juntos; pensó que una amistad como la de ellos era la mayor dulzura para la vida del hombre.

Frente a la casa donde vivía el peluquero, los muchachos los esperaban. Larsen dijo con autoridad:

—Mejor que Gauna entre solo.

Gauna atravesó el primer patio; un perrito lanudo y amarillento, que estaba atado a un picaporte, ladró un poco; Gauna prosiguió su camino y en el corredor de la izquierda, a continuación del segundo patio, se detuvo frente a una puerta. Golpeó, primero tímidamente, después con decisión. La puerta se entreabrió. Asomó la cabeza Massantonio, soñoliento, ligeramente más calvo que de costumbre.

—Aquí he venido para invitarlo —dijo Gauna, pero se interrumpió porque el peluquero parpadeaba mucho—. Aquí he venido para invitarlo —el tono era lento y cortés; alguien podría sugerir que soñando una íntima y apenas perceptible fantasía alcohólica el joven Gauna se convertía en el viejo Valerga— para que nos ayude, a los muchachos y a mí, a gastar los mil pesos que me hizo ganar en las carreras.

El peluquero seguía sin entender. Gauna explicó:

—Mañana a las seis lo esperamos en casa del doctor Valerga. Después saldremos a cenar juntos.

El peluquero, ya más despierto, lo escuchaba con una desconfianza que trataba de ocultar. Gauna no la percibía y, cortésmente, pesadamente, insistía en su invitación.

Massantonio imploró:

—Sí, pero la señora. No puedo dejarla.

—Qué más quiere que la deje un rato —contestó Gauna, inconsciente de su impertinencia.

Entrevió frazadas y almohadas —no sábanas— de una cama en desorden; entrevió también un mechón dorado de la señora, y un brazo desnudo.

IV

A la mañana siguiente Larsen amaneció con dolor de garganta; a la tarde tenía *grippe*. Gauna había propuesto a los muchachos «postergar la salida para mejor oportunidad»; pero, al notar la contrariedad que provocaba, no insistió. Sentado sobre un cajoncito de madera blanca, ahora escuchaba a su amigo. Éste, en mangas de camiseta, envuelto en una frazada, sobre un colchón a rayas, apoyada la cabeza en una almohada muy baja, le decía:

—Anoche, cuando me tiré en esta cama, ya sospechaba algo; hoy, a cada hora que pasaba, me sentía peor. Toda la mañana estuve mortificándome con la idea de no poder salir con ustedes, de que a la noche me voltearía la fiebre. A las dos de la tarde ya era un hecho.

Mientras oía las explicaciones, Gauna pensaba con afecto en la manera de ser de Larsen, tan diferente de la suya.

—La encargada me recomienda gárgaras de sal —declaró Larsen—. Mi madre fue siempre gran partidaria de las de té. Me gustaría oír tu opinión al respecto. Pero no creas que estoy inactivo. Ya me lancé al ataque con un Fucus. Por cierto que si consulto al Brujo Taboada —que sabe más que algunos doctores con diploma— tira todos estos remedios y me hace pasar una semana comiendo tanto limón que de pensarlo me da ictericia.

Hablar de la *grippe* y de las tácticas para combatirla casi lo conciliaba con su destino, casi lo animaba.

—Con tal que no te contagie —dijo Larsen.

—Vos todavía creés en esas cosas.

—Y, che, la pieza no es grande. Menos mal que esta noche no dormirás aquí.

—Los muchachos se mueren si dejamos la salida para mañana. No creas que les entusiasma salir; les asusta comunicar a Valerga la postergación.

—No es para menos —la voz de Larsen cambió de tono—. Antes de que me olvide, ¿cuánto ganaste en las carreras?

—Lo que dije. Mil pesos. Más exactamente: mil sesenta y ocho pesos con treinta centavos. Los sesenta y ocho pesos con treinta centavos quedaron para Massantonio, que me pasó el dato.

Gauna consultó el reloj; agregó despúes:

—Ya es hora de irme. Es una lástima que no vengas.

—Bueno, Emilito —contestó Larsen persuasivamente—. No bebas demasiado.

—Si supieras cómo me gusta, sabrías que tengo voluntad y no me tratarías como un borracho.

V

Y cuando vio llegar al peluquero Massantonio, el doctor Valerga no hizo cuestión. Gauna íntimamente le agradeció esa prueba de tolerancia; por su parte comprendía el error de haber invitado al peluquero.

Porque salían con Valerga, no se disfrazaron. Entre ellos —con el doctor no aventuraban opinión alguna sobre el asunto— afectaban estar muy por encima de tanta pantomima y despreciar a las pobres máscaras. Valerga traía pantalón a rayas y saco oscuro; a diferencia de los muchachos, no llevaba pañuelo al cuello. Gauna pensó que si después de las fiestas le sobraba un poco de plata compraría un pantalón a rayas.

Maidana (o tal vez Pegoraro) propuso que empezaran por el corso de Villa Urquiza. Gauna respondió que era del barrio y que allí todo el mundo lo conocía. Nadie insistió. Valerga dijo que fueran a Villa Devoto, «total», agregó, «todos acabaremos ahí» (alusión, muy celebrada, a la cárcel de ese barrio). Con el mejor ánimo se dirigieron a la estación Saavedra.

El tren estaba lleno de máscaras. Los muchachos protestaron, visiblemente disgustados. Movido por estas protestas, Valerga se mostró conciliador. Apenas empañaba la alegría de Gauna el temor de que alguna máscara pretendiera reírse del doctor o de que Massantonio lo enojara con su timidez. Por Colegiales y La Paternal llegaron a Villa Devoto (o a «Villa», como decía Maidana). Estuvieron en el corso; el doctor opinó que ese año el carnaval era menos animado y contó anécdotas de los carnavales de su mocedad. Entraron en el club Os Mininos. Los muchachos bailaron. Valerga, el peluquero (muy avergonzado, muy molesto) y Gauna se quedaron en la mesa, conversando. El doctor habló de campañas electorales y de reuniones hípicas. Gauna sintió una suerte de culpable responsabilidad hacia el doctor y hacia Massantonio y un poco de rencor hacia Massantonio.

Salieron a refrescarse por la solitaria plaza Arenales y, después, frente al club Villa Devoto, los ocupó un breve y confuso incidente con personas que estaban del otro lado del alambre tejido.

Cuando el calor se hizo más intolerable apareció una murga francamente ruidosa y molesta. La formaban unos pocos individuos, que parecían muchos, con bombos, con tambores y con platillos, con narices rojas, con las caras tiznadas de negro, con mamelucos negros. Afónicamente gritaban:

Por fin llegó la murga
Los Chicos Musicantes.
Si nos pagan la copa
nos vamos al instante.

Gauna llamó una victoria. A pesar de las protestas del cochero y de los ofrecimientos de retirarse, que repetía Massantonio, subieron los siete al coche. En el pescante, al lado del cochero, se sentó Pegoraro; atrás, en el asiento principal, Valerga, Massantonio y Gauna y, en el estrapontín, Antúnez y Maidana. Valerga ordenó al cochero: «A Rivadavia y a Villa

Luro». Massantonio trató de arrojarse del coche. Todos querían verse libres de él, pero no lo dejaron bajar.

A lo largo del camino encontraron más de un corso, los siguieron y los dejaron; entraron en almacenes y en otros establecimientos. Massantonio, bromeando angustiosamente, aseguró que si no regresaba en seguida la señora lo mataría a palos. En Villa Luro hubo un incidente con un chico perdido; el doctor Valerga le regaló un pomo de la marca Bellas Porteñas y después lo llevó a la comisaría o a la casa de los padres. Eso era, por lo menos, lo que Gauna creía recordar.

Pasadas las tres, dejaron Villa Luro. Prosiguieron con el coche hacia Flores y, luego, hacia Nueva Pompeya. Ahora Antúnez iba en el pescante; melosamente cantaba «Noche de Reyes». A toda esta parte del trayecto, Gauna la recordaba confusamente. Alguien dijo que, arriba, Antúnez estaba atareado y que el cochero lloraba. Del caballo tenía imágenes caprichosas, pero vívidas (esto es extraño, porque él estaba sentado en la parte de atrás de la victoria). Lo recordaba muy grande y muy anguloso, oscuro por el sudor, vacilando, con las patas abiertas, o lo oía gritar como una persona (esto último, sin duda, lo había soñado); o le veía solamente las orejas y el testuz, y sentía una inexplicable compasión. Después, en un descampado, en un momento lila y casi abstracto por anticipaciones del alba, hubo un gran júbilo. Él mismo gritó que sujetaran a Massantonio y Antúnez descargó su revólver en el aire. Finalmente llegaron a pie a una quinta de un amigo del doctor. Los recibieron manadas de perros y después una señora más agresiva que los perros. El dueño estaba ausente. La señora no quería que pasaran. Massantonio, hablando solo, explicaba que él no podía trasnochar porque se levantaba temprano. Valerga los distribuyó por los cuartos de la casa. Cómo pasaron de ahí a otra parte era un misterio; Gauna recordaba el despertar en un rancho de lata; su dolor de cabeza; el viaje en un carro muy sucio y después en un tranvía; una tarde y una luz muy claras en un corralón de Barracas, donde jugaron a las bochas; la observación de que Massantonio había desaparecido, que él escuchó con sorpresa y en seguida olvidó; la noche en un prostíbulo de la calle Osvaldo Cruz, donde al oír el «Claro de luna» que tocó un violinista ciego sintió un gran arrepentimiento por haber descuidado su instrucción y el deseo de fraternizar con todos los presentes, desdeñando —como dijo en voz alta— las pequeñeces individuales y exaltando las aspiraciones generosas. Después se había sentido muy cansado. Habían caminado bajo un aguacero. Habían entrado, para reaccionar, en una casa de baños turcos. (Sin embargo, ahora veía imágenes del aguacero en la quema de basura del Bañado de Flores y en las barandas sucias del carro). De la casa de baños recordaba una especie de manicura, con la cara pintada y con batón, que hablaba seriamente con un desconocido, y una mañana interminable, borrosa y feliz. Recordaba, también, haber caminado por la calle Perú, huyendo de la policía, con las piernas flojas y la mente despejada; haber entrado en un cinematógrafo; haber almorzado, a las cinco de la tarde, con mucha hambre, entre los billares de un café de la Avenida de Mayo; haber participado, sentados en la capota de un taxímetro, en los corsos del centro; haber asistido a una función del Cosmopolita, creyendo que estaban en el Bataclán.

Contrataron un segundo taxímetro, lleno de espejitos y con un diablo colgando. Gauna se sintió muy seguro cuando ordenó al chofer que fuera a Palermo, y muy orgulloso cuando oyó que decía Valerga: «Parecen la sombra de ustedes, muchachos, pero Gauna y este viejo siguen con ánimo». A la entrada del Armenonville tuvieron una colisión con un Lincoln particular. Del Lincoln bajaron cuatro muchachitos y una muchacha, una máscara. Si no hubiera intervenido Valerga, los muchachitos hubieran peleado con el chofer del taxímetro; como el hombre no se mostró agradecido, Valerga le dijo unas palabras adecuadas.

Gauna trató de contar las veces que se había emborrachado desde el domingo a la tarde. Nunca había sentido tanto dolor de cabeza ni tanto cansancio.

Entraron en un salón «grande como *La Prensa*» —explicó Gauna— «o como el hall de Retiro, pero sin el modelo de locomotora que usted pone diez centavos y lo ve andar». Estaba ese local muy iluminado, con guías de gallardetes, banderitas y globos de colores, con palcos y cortinas, con gente ruidosa y música a toda orquesta. Gauna se agarró la cabeza con las manos y cerró los ojos; creyó que iba a gritar de dolor. Al rato se encontró hablando con la máscara que habían traído los muchachitos. Llevaba antifaz, estaba disfrazada de dominó. No se había fijado si era rubia o morena, pero al lado de esa máscara se había sentido contento (con la cabeza milagrosamente aliviada) y desde esa noche había pensado muchas veces en ella.

Al rato volvieron los muchachitos del Lincoln. Cuando los recordaba tenía la impresión de estar soñando. Había uno que parecía prócer del libro de Grosso, con la cara increíblemente delgada. Otro era muy alto y muy pálido, como hecho de miga; otro era rubio, también pálido, y cabezón; otro tenía las piernas cambadas, como jockey. Este último le preguntó «quién es usted para robarnos la máscara» y antes de acabar de hablar se puso en guardia, como boxeador. Gauna palpó su cuchillito, en el cinto. Aquello fue como una pelea de perros: los dos se distrajeron muy pronto. En algún momento Gauna oyó hablar a Valerga, en tono persuasivo y paternal. Después se encontró muy feliz, miró a su alrededor y dijo a su compañera: «Parece que estamos de nuevo solos». Bailaron. En medio del baile perdió a la máscara. Volvió a la mesa: allí estaban Valerga y los muchachos. Valerga propuso una vuelta por los lagos «para refrescarnos un poco y no acabar en la seccional». Levantó los ojos y vio, junto al mostrador del bar, a la máscara y al muchachito rubio. Porque en ese momento sintió despecho, aceptó la propuesta de Valerga. Antúnez señaló una botella de champagne empezada. Llenaron las copas y bebieron.

Después los recuerdos se deforman y se confunden. La máscara había desaparecido. Él preguntaba por ella; no le contestaban o procuraban calmarlo con evasivas, como si estuviera enfermo. No estaba enfermo. Estaba cansado (al principio, perdido en la inmensidad de su cansancio, pesado y abierto como el fondo del mar; finalmente, en el remoto corazón de su cansancio, recogido, casi feliz). Se encontró luego entre árboles, rodeado por gente, atento al inestable y mercurial reflejo de la luna en su cuchillo, inspirado, peleando con Valerga, por cuestiones de dinero. (Esto es absurdo; ¿qué cuestión de dinero podía haber entre ellos?).

Abrió los ojos. Ahora el reflejo aparecía y desaparecía, entre las tablas del piso. Adivinaba que afuera, tal vez muy cerca, brillaba impetuosamente la mañana. En los ojos, en la nuca, sentía un dolor denso y profundo. Estaba en la oscuridad, en un catre, en un cuarto de madera. Había olor a yerba. Abajo, entre las tablas del piso —como si la casa estuviera al revés y el piso fuera el techo— veía líneas de luz solar y un cielo oscuro y verde, como una botella. Por momentos, las líneas se ensanchaban, aparecía un sótano de luz y un vaivén en el fondo verde. Era agua.

Entró un hombre. Gauna le preguntó dónde estaba.

—¿No sabés? —le replicaron—. En el embarcadero del lago de Palermo.

El hombre le cebó unos mates y paternalmente le arregló la almohada. Se llamaba Santiago. Era corpulento, de unos cuarenta y tantos años de edad, rubio, de piel cobriza, con la mirada bondadosa, el bigote recortado y una cicatriz en el mentón. Llevaba una tricota azul, con mangas.

—Cuando volví anoche te encontré en el catre. El Mudo te cuidaba. Para mí que alguien debió de traerte.

—No —contestó Gauna, sacudiendo la cabeza—. Me encontraron en el bosque.

Sacudir la cabeza lo mareó. Se durmió casi en seguida. Al despertar oyó una voz de mujer. Le pareció reconocerla. Se levantó: entonces o mucho después; no podía precisarlo. Cada movimiento repercutía dolorosamente en su cabeza. En la deslumbrante claridad de afuera vio, de espaldas, a una muchacha. Se apoyó en el marco de la puerta. Quería ver el rostro de esa muchacha. Quería verlo porque estaba seguro de que era la hija del Brujo Taboada.

Se había equivocado. No la conocía. Debía de ser de profesión lavandera, porque había recogido del suelo una bandeja de mimbre. Gauna sintió, muy cerca de la cara, una suerte de ladridos roncos. Entrecerrando los ojos, se volvió. El que ladraba era un hombre parecido a Santiago, pero más ancho, más oscuro y con la cara rasurada. Llevaba una tricota gris, muy vieja, y unos pantalones azules.

—¿Qué quiere? —preguntó Gauna.

Cada palabra pronunciada era como un enorme animal que, al moverse dentro de su cráneo, amenazara con partirlo. El hombre volvió a emitir sonidos torpes y roncos. Gauna comprendió que era el Mudo. Comprendió que el Mudo quería que él volviera al catre.

Entró y se acostó de nuevo. Cuando despertó se encontró bastante aliviado. Santiago y el Mudo estaban en el cuarto. Con

Santiago conversó amistosamente. Hablaron de fútbol. Santiago y el Mudo habían sido cancheros de un club. Gauna habló de la quinta división de Urquiza, a la que ascendió de la calle, al cumplir once años.

—Una vez —dijo Gauna— jugamos contra los chicos del club KDT.

—¡Y cómo los ganaron, los de KDT! —ponderó Santiago.

—Qué van a ganar —contestó Gauna—. Si cuando ellos metieron su único gol, nosotros ya les habíamos puesto cinco adentro.

—El Mudo y yo trabajamos en KDT. Éramos cancheros.

—¡No cuente! ¿Y quién le dice que no nos vimos aquella tarde?

—Es claro. Es a lo que iba. ¿Se acuerda del vestuario?

—¿Cómo no me voy a acordar? Una casita de madera, a la izquierda, entre las canchas de tenis.

—Pero sí, hombre. Ahí mismo vivíamos con el Mudo.

La posibilidad de que se hubieran visto en aquel entonces y la confirmación de que tenían algunos recuerdos comunes sobre la topografía del extinto club KDT y sobre la casita del vestuario alentó la cálida llama de esa amistad incipiente.

Gauna habló de Larsen y de cómo se habían mudado a Saavedra.

—Ahora soy hombre de Platense —declaró.

—No es mal equipo —contestó Santiago—. Pero yo, como decía Aldini, prefiero a Excursionistas.

Santiago pasó a contar cómo quedaron sin trabajo y cómo después consiguieron la concesión del lago. Santiago y el Mudo parecían marinos; dos viejos lobos de mar. Acaso debieran el aspecto al oficio de alquilar botes; acaso a las tricotas y a los pantalones azules. Las dos ventanas de la casa estaban rodeadas por sendos salvavidas. De las paredes colgaban cinco retratos:

Humberto Primo; unos novios; el equipo argentino de fútbol que, en las Olimpíadas, perdió contra los uruguayos; el equipo de Excursionistas (en colores, recortado de *El Gráfico*) y, sobre el catre del Mudo, el Mudo.

Gauna se incorporó:

—Ya estoy mejor —dijo—. Creo que podré irme.

—No hay apuro —aseguró Santiago.

El Mudo cebó unos mates. Santiago preguntó:

—¿Qué hacías en el bosque, cuando el Mudo te encontró?

—Si yo lo supiera —contestó Gauna.

VI

Lo más extraño de todo esto es que en el centro de la obsesión de Gauna estaba la aventura de los lagos y que para él la máscara era sólo una parte de esa aventura, una parte muy emotiva y muy nostálgica, pero no esencial. Por lo menos esto era lo que había comunicado, con otras palabras, a Larsen. Tal vez quisiera restar importancia a un asunto de mujeres. Hay indicios que sirven para confirmar la afirmación; lo malo es que también sirven para contradecirla. Por ejemplo, en el Platense declaró una noche: «Todavía va a resultar que estoy enamorado». Para hablar así ante sus amigos, un hombre como Gauna tiene que estar muy ofuscado por la pasión. Pero esas palabras prueban que no la oculta.

Por lo demás, él mismo confesó que nunca vio la cara de la muchacha o que si alguna vez la vio estaba demasiado bebido para que el recuerdo no fuera fantástico y poco digno de crédito. Es bastante curioso que esa muchacha ignorada le hubiera causado una impresión tan fuerte.

Lo ocurrido en el bosque fue, también, extraño. Nunca pudo Gauna explicarlo coherentemente; nunca pudo, tampoco, olvidarlo. «Si la comparo con eso», aclaraba, «ella casi no importa». De todos modos, los vestigios que dejó en su alma la muchacha eran vivísimos y resplandecientes; pero el resplandor provenía de las otras visiones, a las que él, un rato después, ya sin la muchacha, se habría asomado.

Después de la aventura, Gauna nunca fue el mismo. Por increíble que parezca, esa historia, confusa y vaga como era, le dio cierto prestigio entre las mujeres y hasta contribuyó, según algunos comentarios, a que la hija del Brujo se enamorara de él. Todo esto —el ridículo cambio operado en Gauna y sus irritantes consecuencias— disgustó de verdad a los muchachos. Se murmuró que proyectaron aplicarle un «procedimiento terapéutico» y que el doctor los contuvo. Tal vez esto fuera una exageración o una invención. La verdad es que nunca lo habían considerado uno de ellos y que ahora, conscientemente, lo miraban como a un extraño. La común amistad con Larsen, el respeto por Valerga, terrible protector de todos ellos, impedía la manifestación de estos sentimientos. Aparentemente, pues, las relaciones entre Gauna y el grupo no se alteraron.

VII

El taller era un galpón de chapas situado en la calle Vidal, a pocas cuadras del parque Saavedra. Como decía la señora de Lambruschini, en verano el local era una fiebre, y sobre el frío que
hacía en invierno, con todas las chapas como una sola escar-
cha, no había para qué insistir. Sin embargo, los obreros nunca se iban del taller de Lambruschini. No hay duda de que
tenían razón los clientes: en el taller nadie se mataba trabajando. Lo que más le gustaba al patrón era sentarse a tomar unos
mates o un café, según las horas, y dejar que los muchachos ha-
blaran. Yo creo que lo estimaban por eso. No era una de esas
personas cansadoras, que siempre tienen algo interesante que
decir. Lambruschini escarbaba con la bombilla en el mate y,
con la cara benévola y roja, con los ojos vidriosos, con la nariz como una enorme frambuesa, escuchaba. Cuando había un
silencio preguntaba distraídamente: «¿Qué otra noticia?». Parecía temer que por falta de tema lo obligaran a volver al trabajo o a cansarse hablando. Eso sí, cuando se acordaba de la
casa de sus padres o de las vendimias en Italia o de su aprendi-
zaje en el taller de Viglione, cuando ayudó a preparar el primer
Hudson de Riganti, el hombre parecía otro. Entonces hablaba y gesticulaba durante un rato. Los muchachos se aburrían

en esos momentos, pero se los perdonaban, porque pasaban pronto. Gauna simulaba aburrirse, y alguna vez se había preguntado qué había de aburrido en las descripciones de Lambruschini.

Ese día, Gauna llegó a la una y buscó al patrón, para pedirle disculpas por el retraso. Lo encontró sentado en cuclillas, tomando un café. Cuando Gauna iba a hablar, Lambruschini le dijo:

—Lo que te perdiste esta mañana. Vino un cliente con un Stutz. Quiere que se lo preparemos para el Nacional.

No logró interesarse en la noticia. Todo, esa tarde, le desagradaba.

Dejó el trabajo poco antes de las cinco. Se enjuagó las manos y los brazos con un poco de nafta; después, con un pedazo de jabón amarillo, se lavó las manos, los pies, el cuello y la cara; frente a un fragmento de espejo, se peinó con mucho cuidado. Mientras se vestía, pensaba que lavarse, con ese tachito de agua fría, le había hecho bien. Iría en seguida al Platense y hablaría con los muchachos. Bruscamente, se sintió muy cansado. Ya no le interesaba lo que había ocurrido la noche anterior. Quería irse a su casa a dormir.

VIII

Entró en el salón del café Platense, notable por los globos de cristal que lo iluminaban, colgados de largos cordones cubiertos de moscas. Los muchachos no estaban ahí. Los encontró en los billares. Cuando Gauna abrió la puerta, el Gomina Maidana se preparaba para hacer una carambola. Estaba vestido con un traje casi violeta, muy abrochado, y tenía atado al cuello un abundante y espumoso pañuelo blanco, de seda. Un señor de cierta edad, trajeado de luto y conocido como la Gata Negra, se disponía a escribir algo en el pizarrón. Maidana debió de dar el tacazo con algún apresuramiento, pues, aunque la carambola era fácil, erró. Todos se rieron. Gauna creyó advertir una indefinida hostilidad general. Maidana recuperó la calma. Se disculpó:

—El gran campeón tiene pulso obediente, pero celoso.

Gauna oyó este comentario de Pegoraro:

—¿Qué quieren? Aparece de pronto el santo…

—¿Santo? —Gauna contestó sin enojarse—. Lo bastante para darte la extremaunción.

Previó que averiguar los hechos de la noche anterior no sería tan fácil como había supuesto. No tenía muchas ganas de hacer averiguaciones, ni mucha curiosidad.

Todos miraban la jugada y, de improviso, él había entrado. Aunque el sobresalto era explicable, Gauna se preguntó si cuando supiera lo que había ocurrido la noche anterior, la explicación no cambiaría.

Si quería que los muchachos le dijeran algo tenía que ser muy cauteloso. Ahora no debía irse ni debía preguntar nada. Debía estar, simplemente. Como las enfermedades curables, solamente podía solucionarse esta situación por una cura de tiempo. Tenía una vívida conciencia de no participar en la conversación. Por primera vez le pasaba eso con los muchachos. O, por primera vez, advertía que le pasaba eso. «Hasta las siete no me iré», se dijo. Era un testigo, pero un testigo sin nada que atestiguar. Siguió pensando: «Hasta las ocho no cierra Massantonio. Iré a verlo cuando cierre. No me iré a las siete, sino a las ocho menos cuarto». Tuvo un secreto placer en contrariarse. Más placer en contrariarse que en esta inesperada ocupación de espiar a sus amigos.

IX

Como la cortina metálica de la peluquería ya estaba cerrada, entró por la puerta lateral. Hacia el fondo se veía un patio de tierra, vasto y abandonado, con un álamo y una tapia de ladrillos, sin revocar. Oscurecía.

Abrió la puerta cancel y llamó. La criadita del dueño de casa (el señor Lupano, que le alquilaba el local a Massantonio) le dijo que esperara un momento. Gauna vio un dormitorio, con una cama de nogal enchapado, con una colcha celeste y con una muñeca negra de celuloide, con un ropero, de igual madera que la cama, en cuyo espejo se repetían la muñeca y la colcha, y con tres sillas. La muchacha no regresaba. Gauna oyó un ruido de latas, hacia el fondo del patio. Dio un paso hacia atrás y miró. Un hombre trasponía la tapia.

Al rato volvió a llamar. La muchacha preguntó si el señor Massantonio no lo había atendido todavía.

—No —dijo Gauna.

La muchacha fue a llamarlo de nuevo. Al rato volvió.

—Ahora no lo encuentro —dijo con naturalidad.

X

Esa noche no se reunían con Valerga. A pesar del cansancio, pensó visitarlo. Reflexionó, después, que no debía hacer nada anormal, que no debía llamar la atención, si quería que lo ayudaran a dilucidar el misterio de los lagos.

El miércoles, una voz femenina y desconocida lo llamó al taller, por teléfono. Lo citó para esa tarde, a las ocho y media, cerca de unas quintas que hay en la avenida Del Tejar, a la altura de Valdenegro. Gauna se preguntó si se encontraría con la muchacha de la otra noche; en seguida, creyó que no. No sabía si ir o no ir.

A las nueve todavía estaba solo en el despoblado. Volvió a su casa, a comer.

El jueves era el día que se reunían con Valerga. Cuando llegó al Platense, ya estaban el doctor y los muchachos. El doctor lo saludó con afabilidad, pero después no se ocupó de él; en verdad no se ocupó de nadie, salvo de Antúnez. Le habían llegado noticias de que Antúnez era un cantor famoso y se mostraba dolido (en broma, sin duda) de que no lo hubiera juzgado digno a «este pobre viejo» de escucharlo. Antúnez estaba muy nervioso, muy halagado, muy asustado. No quería cantar. Prefería no darse el gusto de cantar a exponerse ante el doctor. Éste insistía tesoneramente. Cuando por fin, después de muchas persuasiones y disculpas, trémulo de vergüenza y de esperanza, Antúnez empezó a aclarar la garganta, Valerga dijo:

—Voy a contarles lo que me pasó una vez con un cantor.

La historia fue larga, interesó a casi todos los presentes y Antúnez quedó olvidado. Gauna pensó que si las cosas no se producían naturalmente, no debía consultar su asunto con el doctor.

XI

Esa noche, mientras comía pan viejo, encogido de frío en la cama, pensaba que la soledad de cada uno era definitiva. Tenía la convicción de que la experiencia de los lagos había sido maravillosa y de que, tal vez por eso mismo, todos los amigos, salvo Larsen, tratarían de ocultársela. Gauna se sintió muy resuelto a ver lo que había entrevisto esa noche, a recuperar lo que había perdido. Se sintió más adulto que los muchachos y quizá también que el mismo Valerga; pero no se atrevía a hablar con Larsen; tenía éste una incorruptible sensatez y era demasiado prudente.

Se encontró, desde luego, muy solo.

XII

A los pocos días Gauna fue a la peluquería de la calle Conde, a cortarse el pelo. Cuando entró, se encontró con un nuevo peluquero.

—¿Y Massantonio? —preguntó.

—Se fue —respondió el desconocido—. ¿No vio la vidriera?

—No.

—Después, gasten en propaganda —comentó el hombre—. Venga, por favor.

Salieron. Desde afuera, el peluquero señaló un letrero que decía: GRANDES REFORMAS POR CAMBIO DE DUEÑO.

—¿Cuáles son las reformas? —preguntó Gauna mientras entraba.

—Y ¿qué quiere? Menos me hubiera convenido poner «Gran liquidación por cambio de dueño».

—¿Qué le pasó a Massantonio? —volvió a preguntar Gauna.

—Se fue con la señora al Rosario.

—¿Para siempre?

—Creo que sí. Yo buscaba una peluquería y me dijeron: «Pracánico, en la calle Conde hay una peluquería chiche. El patrón es vendedor». A decir verdad no la pagué mucho. ¿A que no sabe cuánto pagué?

—¿Por qué habrá vendido Massantonio?

—Seguro no estoy. Me dijeron que uno de esos muchachones, que nunca faltan, lo tenía marcado. Primero lo obligó a salir para los carnavales. Después vino a buscarlo aquí. Me aseguran que si no salta la tapia, lo extermina en el propio salón. ¿A que no sabe cuánto pagué?

Gauna se quedó pensativo.

XIII

Después ocurrió la tarde en que Pegoraro se emborrachó en el Platense. Alguien hizo bromas sobre el calor y la conveniencia de abrigarse con grapa. Para disentir, Pegoraro apuró un vaso tras otro. El juego de billar languidecía y Pegoraro alarmó a todos con la proposición de visitar al Brujo Taboada. Nadie creía mucho en el Brujo, pero temían que les dijera algo desagradable y que luego eso aconteciera.

—Linda manera de quemar los pesos —comentó Antúnez.

—Vas allí —explicó el Gomina Maidana—, depositás dos nacionales, y te dicen una punta de pavadas que ni asimilás con la cabeza y salís más muerto que vivo. Las cosas malas no hay que saberlas.

Larsen estaba particularmente alarmado por la idea de visitar al Brujo. Gauna también creía que era mejor no ir, aunque se preguntaba si no averiguaría algo de su aventura de los lagos.

—El hombre al día —afirmó Pegoraro, tomando otra copa— somete una consulta al Brujo y lleva su vida sin nerviosidad, de acuerdo a un programa más claro que vidrio de celuloide. Lo que pasa con ustedes —continuó— es que están asustados. Vamos a ver: ¿de quién no están asustados? —Miró provocativamente a su alrededor; después suspiró y hablando como consigo mismo, añadió—: El mismo doctor los tiene en un puño.

Salieron del Platense. Larsen había olvidado algo, volvió a entrar y ya no lo vieron. En el camino, Pegoraro pidió a Antúnez, alias el Pasaje Barolo, que les cantara un tango. Antúnez ensayó dos o tres carrasperas, habló de la necesidad de cortarse la sed con un vaso de agua o con un cucurucho de pastillas de goma, dulces como jarabe de almíbar, declaró que el estado de su garganta le daba, sinceramente, miedo, y pidió que lo excusaran. En eso llegaron a la casa del Brujo.

—Aquí —dijo Maidana—, hace pocos años, todo era planta baja y quinta de verduras.

Subieron a un cuarto piso. Les abrió la puerta una muchacha morocha. Provinciana, pensó Gauna. Una de esas muchachas con la frente estrecha y prominente, que él aborrecía. Pasaron a un saloncito con acuarelas y con algunos libros. La muchacha les dijo que esperaran. Luego entraron en el consultorio del Brujo, uno después de otro. Como el salón era muy chico, los que salían se iban de la casa. Quedaron en encontrarse en el café.

Al salir, Pegoraro le dijo a Gauna:

—Es brujo de veras, Emilito. Adivinó todo sin que yo me sacara los pantalones.

—¿Qué adivinó? —preguntó Gauna.

—Y... adivinó que tengo granos en las piernas. Porque, sabés, yo tengo unos granitos en las piernas.

El último en entrar fue Gauna. Serafín Taboada le ofreció una mano muy limpia y muy seca. Era un hombre delgado, bajo, de profusa cabellera, de frente alta, huesuda, de ojos hundidos, de prominente nariz rojiza. En el cuarto había muchos libros, un armonio, una mesa, dos sillas; sobre la mesa, un incontenible desorden de libros y de papeles, un cenicero con muchas colillas, una piedra gris que servía de pisapapel. Dos láminas —las efigies de Spencer y de Confucio— colgaban de las paredes. Taboada indicó a Gauna que se sentara; le ofreció un cigarrillo (que no aceptó Gauna) y, después de encender uno, preguntó:

—¿En qué puedo servirlo?

Gauna pensó un momento. Después respondió:

—En nada. Vine por acompañar a los muchachos.

Taboada arrojó el cigarrillo que había prendido y encendió otro.

—Lo siento —dijo, como si fuera a levantarse y poner fin a la entrevista; siguió sentado y, enigmáticamente, continuó—: Lo siento, porque tenía que decirle algo. Será otra vez.

—Quién sabe.

—No hay que desesperar. El futuro es un mundo en el que hay de todo.

—¿Como en la tienda de la esquina? —comentó Gauna—. Es lo que reza la propaganda, pero, créame, cuando usted pide algo, le contestan que ya no hay más.

Gauna pensó que Taboada era tal vez más hablador que astuto o inteligente. Taboada continuó:

—En el futuro corre, como un río, nuestro destino, según lo dibujamos aquí abajo. En el futuro está todo, porque todo es posible. Allí usted murió la semana pasada y allí está viviendo para siempre. Allí usted se ha convertido en un hombre razonable y también se ha convertido en Valerga.

—No permito que se mofe del doctor.

—No me mofo —contestó brevemente Taboada— pero quisiera preguntarle algo, si no lo toma a mal: ¿doctor en qué?

—Usted lo sabrá —replicó en el acto Gauna— ya que es brujo.

Taboada sonrió.

—Está bien, muchacho —dijo; luego prosiguió explicando—: si en el futuro no encontramos lo que buscamos, será porque no sabemos buscar. Siempre podemos esperar cualquier cosa.

—Yo no espero mucho —declaró Gauna—. No creo, tampoco, en brujerías.

—Tal vez tenga razón —repuso con tristeza Taboada—. Pero habría que saber lo que usted llama brujería. Le pongo por caso la transmisión del pensamiento. No hay gran mérito, le aseguro, en averiguar lo que piensa un joven enojado y asustadizo.

Los dedos de Taboada parecían muy lisos y muy secos. Continuamente encendía cigarrillos, fumaba un poco y los aplastaba contra el cenicero. O afilaba la punta de un lápiz en la lija de una caja de fósforos. En esos movimientos no había nerviosidad. Cuando arrojaba el cigarrillo, no estaba nervioso, sino abstraído. Preguntó:

—¿Hace mucho que vino al barrio?

—Usted sabrá —respondió Gauna. Se preguntó en seguida si su actitud no era un poco ridícula.

—Es cierto —reconoció Taboada—. Lo trajo un amigo. Después conoció a otros amigos, menos dignos, tal vez, de su confianza. Hizo una especie de viaje. Ahora está añorando, como Ulises de vuelta en Ítaca, o como Jasón recordando las manzanas de oro.

No fue la mención de la aventura lo que atrajo a Gauna. En las palabras del Brujo entreveía un mundo desconocido, quizá más cautivante que el valeroso y nostálgico del doctor. Taboada prosiguió:

—En ese viaje (porque hay que llamarlo de alguna manera) no todo es bueno ni todo es malo. Por usted y por los demás, no vuelva a emprenderlo. Es una hermosa memoria y la memoria es la vida. No la destruya.

Gauna volvió a sentir hostilidad hacia Taboada; también sentía desconfianza.

—¿De quién es el retrato? —preguntó, para interrumpir el discurso del Brujo.

—Ese grabado representa a Confucio.

—No creo en los curas —afirmó con dureza Gauna; después de un silencio preguntó—: Si quiero recordar lo que pasó en ese viaje, ¿qué debo hacer?

—Tratar de mejorarse.

—No estoy enfermo.

—Algún día comprenderá.

—Es posible —reconoció Gauna.

—¿Por qué no? Si quiere comprender hágase brujo; basta un poco de método, un poco de aplicación, créame, y la experiencia de la vida entera.

Con intención de distraer a Taboada, para volver después al interrogatorio, preguntó señalando la piedra que hacía las veces de pisapapel:

—¿Y esto?

—Es una piedra. Una piedra de las Sierras Bayas. La recogí con mis propias manos.

—¿Usted estuvo en las Sierras Bayas?

—En 1918. Por increíble que parezca, recogí esa piedra el día del Armisticio. Como ve, se trata de un recuerdo.

—¡Hace nueve años! —comentó Gauna.

Se dio valor, pensó: «Es un pobre viejo» y, después de un breve silencio, preguntó:

—En el asunto de lo que usted llama mi viaje, ¿no debo seguir con las averiguaciones?

—No hay que interrumpir nunca las averiguaciones —continuó el Brujo—. Pero lo más importante es el ánimo con que averiguamos.

—No lo sigo, señor —reconoció Gauna—. Pero, entonces, ¿por qué debo olvidar ese viaje?

—Ignoro si debe olvidarlo. Ni siquiera creo que pueda olvidarlo; pienso, nomás, que no le conviene…

—Ahora le voy a hacer una pregunta personal. Espero que sepa interpretarme. ¿Qué piensa de mí?

—¿Qué pienso de usted? ¿Cómo quiere que le diga en dos palabras lo que pienso de usted?

—No se acalore —replicó Gauna, con suavidad—. Le pregunto como al loro que da la papeleta verde: ¿Seré afortunado o no? ¿Tengo buena salud o no? ¿Soy valiente o no?

—Creo captarlo —respondió el Brujo; después continuó en un tono distraído—: Por valiente que sea un hombre, no es valiente en todas las ocasiones.

—Está bien —dijo Gauna—. Vi a una máscara…

—Lo sé —contestó el Brujo.

Ya crédulo, Gauna preguntó:

—¿La veré de nuevo?

—Me pregunta si la verá. Sí y no. Yo lo defendí contra un dios ciego, yo rompí el tejido que debía formarse. Aunque sea más delgado que hecho de aire, volverá a formarse cuando no esté yo para evitarlo.

Nuevamente, Gauna se sintió confirmado en su desprecio y en su rencor. Ahora sólo quería acabar la entrevista; levantándose interrogó:

—¿Hay algún otro consejo para mí?

Taboada respondió con voz monótona:

—No hay consejos que dar. No hay fortunas que predecir. La consulta cuesta tres pesos.

Gauna, simulando distracción, hojeó una pila de libros; leyó en los lomos nombres extranjeros: un conde, que debía ser italiano, porque llevaba, además de algún otro disparate, una «t» y ese título o apellido que le sugirió el proyecto de algún día escribir una carta a los diarios para decir cuatro verdades y usarlo como firma: Flammarion. Puso los tres pesos sobre la mesa.

Taboada lo acompañó hasta la puerta. La hija de Taboada estaba esperando el ascensor. Gauna dijo: «¿Cómo le va?», pero no se atrevió a dar la mano.

Cuando bajaban, la luz se apagó y el ascensor se detuvo. Gauna pensó: ahora convendría una alusión oportuna. Al rato balbuceó:

—Su padre no me dijo que era el día de mi santo.

La muchacha contestó con naturalidad:

—Es un cortocircuito. En cualquier momento se prende la luz.

Gauna ya no estuvo ocupado en sus reacciones, en sus nervios o en lo que debía decir; sintió la presencia de la muchacha, como de pronto se siente, imperiosa, una palpitación en el pecho. Se encendió la luz y el ascensor bajó pacíficamente. En la puerta de calle la muchacha le dio la mano y, sonriendo, le dijo:

—Me llamo Clara.

Después la vio correr hacia un automóvil que esperaba junto a la vereda. Unos jovencitos bajaron del coche. Gauna pensó que la muchacha les contaría lo que había ocurrido y que se reirían de él. Oyó las risas.

XIV

La primera vez que Gauna salió con la chica de Taboada fue un sábado a la tarde. Larsen le había dicho:

—¿Por qué no tomás las alpargatas y te corrés hasta la panadería?

Los barrios son como una casa grande en que hay de todo. En una esquina está la farmacia; en la otra, la tienda, donde uno compra el calzado y los cigarrillos, y las muchachas compran géneros, aros y peines; el almacén está enfrente, La Superiora, bastante cerca, y la panadería, a mitad de cuadra.

La panadera atendía a su público impasiblemente. Era majestuosa, amplia, sorda, blanca, limpia, y llevaba el escaso pelo dividido en mitades, con ondas sobre las orejas, grandes e inútiles. Cuando le llegó el turno, Gauna dijo, moviendo mucho los labios:

—Me va a dar, señora, unas facturitas para el mate.

Supo entonces que la muchacha lo miraba. Gauna se volvió; miró. Clara estaba frente a una vitrina con frascos de caramelos, tabletas de chocolate y lánguidas muñecas rubias, con vestidos de seda y rellenas de bombones. Gauna notó el pelo negro, liso, la piel morena, lisa. La invitó a ir al cinematógrafo.

—¿Qué dan en el Estrella? —preguntó Clara.

—No sé —contestó.

—Doña María —dijo Clara, dirigiéndose a la panadera—, ¿me presta un diario?

La panadera sacó del mostrador una *Última Hora* cuidadosamente doblada. La muchacha la hojeó, la dobló en la página de espectáculos y leyó estudiosamente. Dijo suspirando:

—Tenemos que apurarnos. A las cinco y media dan la vista de Percy Marmon.

Gauna estaba impresionado.

—Mire —preguntó Clara—: ¿le gustaría una así?

Le mostraba en el diario un dibujo, de mano torpe, que representaba a una muchacha casi desnuda, sosteniendo una carta gigantesca. Gauna leyó: «Carta abierta de Iris Dulce al señor Juez de Menores».

—Usted me gusta más —contestó Gauna, sin mirarla.

—¿A cuánto le pagan la mentira? —inquirió Clara, pronunciando enfáticamente, en cada palabra, la sílaba acentuada; después se dirigió a la panadera—: Tome, señora. Gracias. —Le entregó el diario; siguió hablando con Gauna—: Sabe, alguna vez he pensado hacerme bataclana. Pero ahora la molestan mucho si usted es menor.

Gauna no contestó. Descubrió que, inexplicablemente, no tenía ganas de salir con ella. Clara prosiguió:

—Soy la loca del teatro. Voy a trabajar en la compañía Eleo. La dirige un petizo que se llama Blastein. Un odioso.

—Un odioso ¿por qué? —preguntó con indiferencia.

Pensaba en los teatros que él vio en su recorrido por el centro; en la entrada de los artistas; en una prestigiosa vida que se internaba en lejanas madrugadas, con mujeres, con alfombras rojas y, por fin, con paseos costosos, en amplios taxímetros abiertos. Nunca había sospechado que la hija del Brujo lo iniciaría en ese mundo.

—Es odioso. Me da vergüenza contar las cosas que me dice.

Gauna preguntó en seguida:

—¿Qué le dice?

—Me dice que su teatro es una máquina de hacer chorizos y que yo, cuando entro por un lado soy una malevita —pronunciar la palabra le produjo alguna sofocación, algún rubor— y por el otro salgo más relamida que maestra de Liceo.

Gauna sintió una caliente invasión de orgullo y de rencor, una sensación agradable, que podría tal vez expresarse de este modo: la muchacha sería suya y verían cómo él sabría defenderla. Exclamó, con voz apenas audible:

—Malevita. Voy a romperle todos los huesos.

—Más bien las pecas —opinó Clara, con seriedad— que le sobran; pero déjelo tranquilo. Es un odioso. —Después de una pausa continuó ensoñadamente—: Soy la dama del mar, sabe. La pieza de un escandinavo, un extranjero.

—¿Y por qué no dan obras de autor nacional? —inquirió Gauna, con agresivo interés.

—Blastein es un odioso. Lo único importante para él es el arte. Si lo oyera hablar.

Gauna explicó:

—Si yo fuera gobierno obligaría a todo el mundo a dar obras de autor nacional.

—Lo mismo decimos con uno que es medio falto y hace el papel de viejo profesor de una chica que se llama Boleta —convino Clara; luego, sonriendo, añadió—: No crea que el pecoso es tan malo. ¡Lo que le gusta hablar de trapos! Es un rico.

Gauna la miró con disgusto. Caminaron unos metros en silencio. Después se despidieron.

—No me haga esperar —le recomendó Clara—. Me espera dentro de veinte minutos en la puerta de casa. Justo en la puerta, no. A media cuadra.

Gauna pensó, con cierta piedad por la muchacha, que todas esas precisiones eran inútiles, que no iría a buscarla. ¿O iría? Tristemente entró en su casa.

Larsen le dijo:

—Creí que te habías muerto. Menos mal que no puse el agua a calentar cuando saliste.

Gauna contestó:

—Voy a necesitar un poco de agua para afeitarme.

Larsen lo miró con alguna curiosidad; se ocupó del Primus y del agua; examinó el contenido del paquete que Gauna había traído; tomó una tortita con azúcar quemada y la probó. Comentó apreciativamente:

—Mirá, hay que dejar de lado los grandes proyectos extravagantes. Me convenzo que no debemos cambiar de panadería. Se porta la Gorda.

Gauna puso una hoja en la máquina y, para tener algo de luz, colgó el espejo cerca de la puerta.

—Afeitate después —dijo Larsen, mientras cebaba—. No te pierdas los primeros mates.

—Me los voy a perder todos —contestó Gauna—. Estoy apurado.

Su amigo empezó a matear en silencio. Gauna se sintió muy triste. Años después dijo que en ese momento se acordó de las palabras que le oyó a Ferrari: «Usted vive tranquilo con los amigos, hasta que aparece la mujer, el gran intruso que se lleva todo por delante».

XV

Cuando salieron del cinematógrafo, Gauna le propuso a Clara:

—Vamos a tomar un guindado uruguayo en la confitería Los Argonautas.

—No puedo, qué pena —contestó Clara—. Tengo que cenar temprano.

Primero sintió desconfianza, después rencor. Dijo con una vocecita hipócrita, que la muchacha todavía no le conocía:

—¿Sale esta noche?

—Sí —repuso Clara, ingenuamente—. Hay ensayo.

—Se divertirá mucho —comentó Gauna.

—A veces. ¿Por qué no va a verme?

Sorprendido, respondió:

—No sé. No quiero molestar. Pero si me invitan, voy. —En seguida añadió en un tono que pretendía ser muy sincero—: Me interesa el teatro.

—Si tiene un pedazo de papel, le escribo la dirección.

Encontró papel —una tira del programa del cinematógrafo—, pero ninguno de los dos tenía lápiz. Clara escribió con el *rouge*: «Freire 3721».

Cuántas veces a lo largo del tiempo, en el bolsillo de un pantalón guardado en el fondo del baúl o entre las páginas de una *Historia de los girondinos* (obra que Gauna respetaba mucho, porque heredó de sus padres, y cuya lectura, en más de una oportunidad, había iniciado) o en lugares menos verosímiles, la tira de papel reaparecía como un símbolo de prestigio variable, como una señal que dijera: «Aquí todo empezó».

A eso de las diez de la noche lloviznaba. Gauna caminó apresuradamente, miró los números en las puertas, miró el papel; tuvo la impresión de estar desorientado. No sabía, con certidumbre, qué esperaba encontrar en el número 3721; lo asombró encontrar un comercio. Un letrero decía: EL LÍBANO ARGENTINO. MERCERÍAS «A. NADÍN». Había dos puertas; la primera, tapada por una cortina metálica, entre dos vidrieras, tapadas por cortinas metálicas; la segunda, de madera barnizada, con una pequeña reja en el centro y grandes clavos de hierro forjado. Apretó el timbre de la puerta de madera, aunque la otra tenía el número 3721.

Al rato acudió un hombre voluminoso; Gauna entrevió en la penumbra dos oscuros arcos de cejas y algunas manchas en la cara. El hombre preguntó:

—¿El señor Gauna?

—Así es —dijo Gauna.

—Pase, mi buen señor, pase. Lo esperábamos. Yo soy el señor A. Nadín. ¿Qué me dice del tiempo?

—Malo —contestó Gauna.

—Loco —afirmó Nadín—. Mire, yo no sé qué pensar. Antes, no le digo que fuera gran cosa, pero mal que mal usted podía prepararse. Ahora en cambio…

—Ahora todo está patas para arriba —declaró Gauna.

—Bien dicho, mi buen señor, bien dicho. De pronto hace frío, de pronto hace calor y hay gente que todavía se admira si usted cae con la *grippe* y con el reuma.

Entraron en una salita, con piso de mosaicos, iluminada por una lámpara con pantalla de abalorios. La mesa que sostenía la lámpara era una especie de pirámide trunca, de madera, con incrustaciones de nácar. De las paredes colgaban un escudo nacional, con anillos en los dedos y con botones de puño, y un cuadro del abrazo histórico de San Martín y O'Higgins. En un rincón había una estatuita de porcelana pintada; representaba una muchacha a la que un perro levantaba las faldas con el hocico. Gauna se resignó a mirar al vasto Nadín: las cejas eran muy negras, muy anchas, muy arqueadas; la cara estaba cubierta de lunares, con los más variados matices del negruzco y del parduzco; algo, en la mandíbula inferior, remedaba la satisfecha expresión de un pelícano. El hombre debía de tener unos cuarenta años. Hablando como si revolviera la lengua en el fondo de una cacerola de dulce de leche, explicó:

—Hay que apurarse. Ya empezó el ensayo. Los artistas, excelentes; el drama, sublime; pero el señor Blastein va a matarme.

Sacó del bolsillo posterior del pantalón un pañuelo rojo que saturó el aire de olor a lavanda; se lo pasó por los labios, como si fuera una servilleta. Nadín parecía tener siempre la boca empapada.

—¿Dónde ensayan? —preguntó Gauna.

Nadín no se detuvo para contestar. Murmuró en un tono de queja:

—Acá, mi buen señor, acá. Sígame.

Salieron a un patio. Gauna insistió en sus preguntas:

—¿Dónde van a representar?

La voz de Nadín fue casi un gemido:

—Acá. Ya lo verá con sus propios ojos.

«Así que éste era el teatro», pensó Gauna, sonriendo. Llegaron a un galpón con el frente revocado y con las paredes y el techo de zinc. Abrieron una puerta corrediza. Adentro, discutían unas pocas personas sentadas y dos actores de pie, sobre una mesa muy grande, encuadrada por unos paneles de color violeta que llegaban, de cada lado, hasta las paredes. Sobre la mesa, que era el escenario, no había decoración alguna. En los rincones del galpón se amontonaban cajones de mercaderías. Nadín indicó una silla a Gauna y se fue.

Uno de los actores que estaban sobre la mesa o tarima tenía un tapado de mujer en el brazo. Explicaba:

—Élida tiene que traer el tapado. Viene de la playa.

—¿Qué relación hay —gritaba un hombrecito con la cara cubierta de pecas y con el abundante pelo, de un color rubio pajizo, parado— entre la circunstancia de que Élida vuelva de la playa y ese objeto inefable, que se prolonga en mangas, en cinturones y en charreteras?

—No se acalore —recomendó un segundo hombrecito (moreno, con barba de dos días, saco de repartidor de leche, despectivo cigarrillo en los labios pegajosos de saliva seca y libreto en la mano)—. El autor vota por el tapado. Ustedes agachan el testuz. Aquí dice en letra de imprenta: «Élida Wangel aparece bajo los árboles, cerca de la alameda. Se ha echado un abrigo sobre los hombros; lleva el pelo suelto, húmedo todavía».

Nadín reapareció con nuevos espectadores. Se sentaron. El del pelo parado saltó sobre la tarima y arrebató el abrigo. Mostrándolo, vociferó:

—¿Por qué van a crucificar a Ibsen en estas mangas realistas? Basta un manto. Algo que sugiera un manto. Recuerden que acentuaremos el lado mágico. En realidad, Élida es una muchacha que ha visto el mar desde un faro y, sobre todo, que ha conocido a un marino de mala índole. Lo perverso atrae a las mujeres. Élida queda marcada. Ésta es la historia, según la biblia que Antonio está blandiendo —señaló al hombrecito del libreto—. Pero ¿quién tendrá el corazón tan duro para dejar desamparado a un genio? No le negaremos el socorro. En *nuestro* drama, Élida es una sirena, como en el cuadro de Ballested. Ha llegado misteriosamente del mar. Se casa con Wangel y levantan una casa feliz. Mejor dicho, todos saben que la felicidad está en esa casa, pero ninguno es feliz porque Élida languidece bajo la fascinación del mar. —Hizo una pausa; después agregó—: Basta de hablar con monigotes —de un salto bajó de la tarima—. ¡Siga el ensayo!

Sin transición alguna los actores empezaron a representar. Uno de ellos dijo:

—La vida en el faro le dejó rasgos imborrables. Aquí nadie la entiende. La llaman la dama del mar.

El otro actor contestó con exagerada sorpresa:

—¿De veras?

Antonio, el hombrecito del libreto, se irritó.

—Pero ¿de dónde van a sacar el manto?

—De aquí —gritó, furioso, el de pelo parado, dirigiéndose hacia los cajones.

El enorme señor A. Nadín se precipitó con los brazos en alto. Exclamaba:

—¡Les doy mi vida, mi casa, mi galponcito! ¡Pero la mercadería, no! ¡La mercadería no se toca!

Blastein abría impasiblemente los cajones. Preguntó:

—¿Dónde hay tela amarilla?

—Este señor va a matarme —gimió Nadín—. La mercadería no se toca.

—Le he preguntado dónde esconde la tela amarilla —dijo Blastein implacablemente.

Blastein encontró la tela; pidió una tijera (que Nadín entregó suspirando); midió dos largos de su brazo; con ferocidad y con descuido cortó.

Al ver los desgarrones, Nadín meció la cabeza, tomándola entre sus manos enormes y consteladas de piedras verdes y rojas.

—Se acabó el orden en esta casa —exclamó—. ¿Cómo impediré ahora los pequeños hurtos de la empleadita?

Blastein, agitando la tela como una llama de oro, volvió hacia la tarima.

—¿Qué hacen ahí petrificados —preguntó a los actores— mirando como dos Zonza Brianos de sal?

Subió de un salto al escenario, para desaparecer en seguida detrás de los paneles violetas. El ensayo continuó. Gauna oyó de pronto, muy conmovido, la voz de Clara. La voz preguntó:

—Wangel, ¿estás ahí?

Uno de los actores contestó:

—Sí, querida. —Clara salió de atrás de uno de los paneles, con el manto amarillo sobre los hombros; el actor extendió las manos hacia ella y, sonriendo, exclamó—: Aquí está la sirena.

Clara se adelantó con movimientos vivos, tomó de las manos al actor y dijo:

—¡Por fin te encuentro! ¿Cuándo llegaste?

Gauna atendía el ensayo con ojos fijos, boca entreabierta y sentimientos contrarios. La desilusión del primer momento aún resonaba en él, como un eco débil y prolongado. Había sido como una humillación ante sí mismo. «¿Cómo no desconfié», pensó, «cuando me dijeron que el teatro quedaba en la calle Freire?». Pero ahora, perplejo y orgulloso, veía a la conocida Clara transfigurarse en la desconocida Élida. Su abandono al agrado —a una suerte de agrado vanidoso y marital— hubiera sido completo si las caras masculinas, inexpresivas y atentas, que seguían el espectáculo, no le hubieran sugerido la posibilidad de una inevitable trama de circunstancias que podían robarle a Clara o dejársela, aparentemente intacta, pero cargada de mentiras y de traiciones.

Entonces notó que la muchacha lo saludaba con una expresión de confiada alegría. El ensayo se había interrumpido. Todo el mundo opinaba en voz alta, sobre el drama o sobre la interpretación. Gauna pensó que él era el más tonto; sólo él no tenía nada que decir. Clara, resplandeciente de juventud, de hermosura y de una superioridad nueva, bajó de la tarima y fue hacia él, mirándolo de una manera que parecía eliminar a las demás personas, dejándolo solo, para recibir el homenaje de su cariño ingenuo y absoluto. Blastein se interpuso entre ellos. Traía del brazo a una especie de gigante dorado, limpio, con la piel sonrosada, como si acabara de tomar un baño de agua hirviendo; tenía el gigante ropa muy nueva y en conjunto se manifestaba pródigo en grises y en marrones, en franelas, en tricotas y en pipas.

—Clara —exclamó Blastein—, te presento al amigo Baumgarten. Un elemento joven en la crítica de teatro. Si no le entendí mal, es compañero, en el club Obras Sanitarias, del sobrino de un fotógrafo de la revista *Don Goyo* y va a sacar una notita breve sobre nuestro esfuerzo.

—Mirá qué bien —le contestó la muchacha, sonriendo a Gauna. Éste la tomó del brazo y la apartó del grupo.

XVI

Por la noche la acompañaba al ensayo. Después del trabajo, a la tarde, también la acompañaba y, si no había ensayo, salían a caminar por el parque. Algunos días pasaron así; cuando llegó el jueves, no sabía si ver a Clara o si ir a casa del doctor Valerga. Finalmente, resolvió decirle que no podría verla esa noche. La muchacha, sin ocultar su desencanto, aceptó en seguida la explicación de Gauna.

Larsen y él llegaron a casa del doctor a eso de las diez de la noche. Antúnez, alias el Pasaje Barolo, hablaba de temas económicos, del interés criminal que pedían ciertos prestamistas, verdaderos lunares de la profesión, y del cuarenta por ciento que él le haría redituar al dinero, si lograba llevar adelante sus planes de soñador y de ambicioso. Mirando a Gauna, el doctor Valerga aclaró:

—El amigo Antúnez, aquí presente, tiene grandes proyectos. El comercio lo atrae. Quiere levantar un puesto de verduras en la feria franca.

—Pero el asunto le falla por la base —intervino Pegoraro—. El pibe está carente de capital.

—Tal vez Gauna pueda aportar su manito —sugirió Maidana, agachándose, contrayéndose todo y sonriendo.

—Aunque sea de pintura —agregó Antúnez, como queriendo echar las cosas a la broma.

Muy serio, el doctor Valerga miró a Gauna en los ojos y se inclinó un poco hacia él. El muchacho dijo después que en ese momento sintió como si se le fuera encima el edificio de las Aguas Corrientes, que lo trajeron en barco de Inglaterra. Valerga preguntó:

—¿Cuánto le sobró, amiguito, después de la farra de los carnavales?

—¡Nada! —contestó Gauna, arrebatado por la indignación—. No me sobró nada.

Lo dejaron protestar y desahogarse. Ya más débilmente, añadió:

—Ni siquiera un miserable billete de cinco pesos.

—De quinientos, querrás decir —corrigió Antúnez, guiñando un ojo.

Hubo un silencio. Después Gauna preguntó, pálido de ira:

—¿Cuánto se imaginan que gané en las carreras?

Pegoraro y Antúnez iban a decir algo.

—Basta —ordenó el doctor—. Gauna ha dicho la verdad. El que no esté conforme, que se vaya. Aunque aspire a matarife de legumbres.

Antúnez empezó a balbucear. El doctor lo miró con interés:

—¿Qué hace ahí —le preguntó— revoleando los ojos como cordero con lumbrices? No sea egoísta y deje oír esa garganta que tiene, de chicharra o lo que sea. —Ahora habló con extrema dulzura—: ¿Le parece bien hacerse de rogar y tener a todos esperando? —Cambió de tono—. Cante, hombre, cante.

Antúnez tenía los ojos fijos en el vacío. Los cerró. Volvió a abrirlos. Se pasó, con mano temblorosa, un pañuelo por la frente, por la cara. Cuando lo guardó, pareció que la cara hubiera fantásticamente absorbido la blancura del pañuelo. Estaba muy pálido. Gauna pensó que alguien, probablemente Valerga, debía hablar; pero el silencio continuaba. Antúnez, por fin, se movió en la silla; pareció que iba a llorar o a desmayarse. Explicó, levantándose:

—He olvidado todo.

Gauna murmuró rápidamente:

—*Era un tigre para el tango.*

Antúnez lo miró con aparente incomprensión. Volvió a enjugarse la cara con el pañuelo; también se lo pasó por los labios resecos. Con dificultad, con rígida, con agónica lentitud, abrió la boca. El canto se desató suavemente:

> *¿Por qué me dejaste,*
> *mi lindo Julián?*
> *Tu nena se muere*
> *de pena y afán.*

Gauna pensó que había cometido un error; ¿cómo le había sugerido ese tango al pobre Antúnez? El doctor no perdería la oportunidad de vejarlo. Casi con tedio, presintió las bromas («Che, decinos francamente: ¿quién es tu lindo Julián?», etcétera). Levantó los ojos, resignado. Valerga escuchaba con inocente beatitud; pero al rato se incorporó y, con un leve ademán, indicó a Gauna que lo siguiera. El cantor se interrumpió.

—Se te acaba pronto la cuerda, a lo que veo —lo interpeló el doctor—. Si no cantás hasta que nosotros volvamos, te voy a sacar las ganas de hacerte el mozo gramófono. —Se dirigió a Gauna—: Por lo dulzón debería conchabarse de violinisto de madamas.

Antúnez acometió «Mi noche triste»; los muchachos permanecieron donde estaban, en actitud de escuchar al cantor;

Gauna, con vacilante aplomo, siguió a Valerga. Éste lo llevó al cuarto vecino; estaba amueblado con una mesita de pinotea, un ropero de madera rubia, barnizada, un catre cubierto con mantas grises, dos sillas con asiento de paja y —lo que entre esa austeridad parecía una inconsistencia, un lujo casi afeminado— un sillón de Viena. En medio de una pared descascarada colgaba, pequeña, redonda, con marco, sin vidrio, con rastros de moscas, una fotografía del doctor, tomada en su increíble juventud. Sobre la mesita de pinotea había una jarra, de vidrio azulado, con agua, un tarro de yerba Napoleón, una azucarera, un mate con virola de plata en la boca, una bombilla con adornos de oro y una cuchara de estaño.

El doctor se volvió hacia Gauna y poniéndole una mano en el hombro —lo que era un acto insólito, porque Valerga parecía tener una instintiva repugnancia de tocar a la gente— anunció:

—Ahora le haré ver, sin que usted chiste, unas cuantas pertenencias que yo muestro solamente a los amigos.

Abrió una caja de galletitas Bellas Artes, que sacó del ropero, y sobre la mesa volcó su contenido: tres o cuatro sobres llenos de fotografías y algunas cartas. Señalando con el índice las fotografías, dijo:

—Mientras las repasa, tomaremos unos verdes.

Sacó, también, del ropero una pavita enlozada, la llenó con el agua de la jarra y la puso a calentar en un Primus. Gauna pensó con envidia que el de ellos era más chico.

Había un número considerable de fotografías del doctor. Algunas, con plantas en jarrones y con balaustres, firmadas por el fotógrafo y otras, menos compuestas, menos rígidas, que eran la obra fortuita de aficionados anónimos. Había, asimismo, gran abundancia de fotografías de viejos, de viejas, de nenes (vestidos y de pie o desnudos y acostados): personas, todas ellas, plenamente ignoradas por Gauna. En ocasiones, el doctor explicaba: «Un primo de mi padre», «mi tía Blanca», «mis padres, el día de las bodas de oro»; pero, en general, sometía los retratos al examen de Gauna, sin ofrecer más comentario que un silencio lleno de respeto y una mirada vigilante. Si alguna fotografía pasaba con rapidez al mazo de las ya estudiadas, aconsejaba en un tono en que se confundían la reconvención y el estímulo:

—Nadie te corre, muchacho. Así no vas a llegar a ninguna parte. Miralas con calma.

Gauna estaba muy emocionado. No comprendía por qué Valerga le mostraba todo eso; comprendía, con aturdida gratitud, que su maestro y su modelo estaba honrándolo con una solemne prueba de aprecio y, tal vez aun, de amistad. Su espontáneo reconocimiento siempre hubiera sido conmovido y extremo, pero le parecía que esa noche alcanzaba una particular vehemencia, porque se imaginaba que él no era el de antes, no era el que Valerga creía conocer, no era un hombre con una sola lealtad. O tal vez lo fuera. Sí, estaba seguro de que no había cambiado; pero lo fundamental en ese momento era saber que para el exigente criterio del doctor habría cambiado.

Después matearon, Gauna sentado en una silla, el doctor en el sillón de Viena. Casi no hablaban. Si alguien de afuera los hubiera visto, habría pensado: padre e hijo. Así también lo sentía Gauna.

En el cuarto contiguo, Antúnez acometía, por tercera vez, «La copa del olvido».

Valerga observó:

—Hay que cerrarle el pico a ese ruidoso. Pero antes quiero mostrarte otra cosa.

Estuvo un rato hurgando en el ropero. Volvió con una palita de bronce, y declaró:

—Con esta pala, el doctor Saponaro puso la mezcla a la piedra fundamental de la capilla de aquí a la vuelta.

Gauna tomó el objeto piadosamente y lo contempló maravillado. Antes de guardarlo, Valerga, con rápidas frotaciones de manga, restituyó el brillo a las partes del bronce en que el muchacho había aplicado sus dedos inexpertos y húmedos. Valerga sacó algo más de ese ropero inagotable: una guitarra. Cuando su joven amigo, con apremiada obsecuencia, trató de examinarla, Valerga lo apartó diciendo:

—Vamos al escritorio.

Antúnez, quizá con menos animación que otras veces, cantaba «Mi noche triste». Blandiendo victoriosamente la guitarra, el doctor preguntó con voz atronadora y sorda:

—Pero díganme, ¿a quién se le ocurre ponerse a cantar en seco habiendo guitarra en la casa?

Todos, incluso Antúnez, recibieron la ocurrencia con sinceras carcajadas, estimuladas quizá por la intuición de que la tirantez había concluido. Por lo demás, bastaba mirar a Valerga para advertir su buen humor. Los muchachos, ya libres de temores, lloraban de risa.

—Ahora verán ustedes —anunció el doctor, apartando de un empujón a Antúnez y sentándose— lo que puede hacer con la guitarra este viejo.

Sonriendo, sin premura, empezó a templarla. De tarde en tarde, sus diestros y nerviosos rasguidos dejaban asomar una incipiente melodía. Entonces, con voz muy suave, canturreaba:

A la hueya, hueya,
la infeliz madre,
cebando mates,
si por las tardes.

Se interrumpía para comentar:

—Nada de tangos, muchachos. Queden para los malevos y los violinistos de madamas. —Añadiendo con voz más ronca—: O los matarifes de legumbres.

Con beatífica sonrisa, con amorosas manos, calmosamente, como si el tiempo no existiera, volvía a templar la guitarra. En estas partidas, que no lo cansaban, se entretuvo hasta pasada la medianoche. Había un sentimiento general de cordialidad, de amistosa y emotiva alegría. Antes de pedirles que se fueran, el doctor ordenó a Pegoraro que trajera de la cocina la cerveza y los vasos. Brindaron por la dicha de todos.

Habían bebido poco, pero tenían una exaltación que parecía propia de la embriaguez. Se alejaron juntos. Por las calles vacías resonaron los pasos, los cantos, los gritos. Ladró un perro, y un gallo, al que sin duda despertaron, extáticamente cacareó, trayendo a la noche un rapto de auroras y de lejanías agrestes. Primero, Antúnez se fue a su casa; después, Pegoraro y Maidana. Cuando se quedaron solos, Larsen aventuró la pregunta:

—Francamente, ¿no te parece que el doctor se encarnizó demasiado con Antúnez?

—Sí, hombre —contestó Gauna, sintiendo que era prodigioso cómo se entendía con Larsen—. Yo quería decirte lo mismo. ¿Y qué te parece lo de la guitarra?

—Es para morirse —Larsen declaró, temblando de risa—. ¿Cómo el pobre individuo podía adivinar que había una guitarra en la casa? ¿Vos lo sabías?

—Yo, no.

—Yo tampoco. Y no me digas que las bromas con la palabra «seco» no resultaron un poquito asquerosas.

Para reírse mejor, Gauna se apoyó en la pared. Conocía el prejuicio de Larsen contra las bromas sucias; no lo defendía, pero de algún modo simpatizaba con él. Además, le daba risa.

—Qué querés, che —reconoció audazmente Gauna—, hablándote con el corazón en la mano, te confieso que Antúnez me pareció mejor cantor que Valerga guitarrista.

Esto les produjo tanta hilaridad que anduvieron haciendo eses por la vereda, con el cuerpo inclinado hacia adelante, casi en cuclillas, ululando y gimiendo. Cuando se calmaron un poco, Larsen preguntó:

—¿Para qué te llevó al otro cuarto?

—Para mostrarme una infinidad de fotografías de gente que no conozco y hasta la palita de bronce que un doctor no sé cuánto usó para poner la piedra fundamental en la iglesia de no sé dónde. Te hubieras reído si me hubieras visto. —Agregó después—: Lo más raro de todo es que por momentos yo encontré que el doctor Valerga se parecía al Brujo Taboada.

Hubo un silencio, porque Larsen procuraba no hablar del Brujo ni de su familia; pasó pronto; Gauna casi no lo advirtió; prefirió abandonarse al agrado de comprobar, una vez más, la íntima, la inevitable solidaridad que había entre ellos. Reflexionó, con una suerte de orgullo fraterno, que la perspicacia de los dos juntos era muy superior a la que tenía cada uno cuando estaba solo y, por fin, con una nostalgia anticipada, en la que se adivinaba el destino, entendió que esas conversaciones con Larsen eran como la patria de su alma. Pensó en Clara, rencorosamente.

Pensó: «Mañana podría decirle que no voy a salir con ella. No se lo diré. No es cuestión de que yo sea débil de voluntad. ¿Por qué voy a proponerle a Larsen, en día de semana, que salgamos juntos? Nosotros podemos vernos cuando no tenemos nada que hacer». Después, tristemente se dijo: «Cada día nos veremos menos».

Cuando llegaron a la casa, habló Larsen:

—Te lo confieso con toda sinceridad: al principio, las cosas no me gustaron. Me pareció que había un arreglo para asaltarte.

—Para mí, que pretendieron maniobrar a Valerga —opinó Gauna—. Se dio cuenta y los rigoreó.

XVII

A la tarde siguiente Gauna esperaba a Clara en la confitería Los Argonautas. Miraba su reloj de pulsera y lo cotejaba con el reloj que había en la pared; miraba a las personas que entraban, empujando, con movimiento idéntico, la silenciosa puerta de vidrio: por increíble que pareciera, uno de esos vagos señores o una de esas mujeres detalladamente horribles se transformaría en Clara. A su vez, Gauna era, o creía ser, mirado por el mozo. Este movedizo vigía, cuando se allegó a la mesa, fue provisoriamente alejado con las palabras: «Después voy a pedir. Espero a alguien». Gauna pensaba: debe de creer que se trata de una excusa para estar aquí sin gastar. Temía que la muchacha no llegara y que el individuo viese confirmada su desconfianza o que lo desdeñara como a hombre a quien las mujeres burlan y hasta mandan a la confitería Los Argonautas para que las esperen inútilmente. Irritado por la demora de Clara, cavilaba sobre la vida que las mujeres imponen a los hombres. «Lo alejan a uno de los amigos. Hacen que uno salga del taller antes de hora, apurado, aborrecido de todo el mundo (lo que el día menos pensado le cuesta a usted el empleo). Lo ablandan a uno. Lo tienen esperando en confiterías. Gastando el dinero en confiterías, para después hablar dulzuras y embustes y oír con la boca abierta explicaciones que bueno, bueno». Miraba unos enormes cilindros de vidrio, con tapa metálica, atiborrados de caramelos, y como en un sueño se imaginaba que iban a ahogarlo en esa dulzura. Cuando consideraba, con alarma, que tal vez se había descuidado, que tal vez Clara había entrado, no lo había visto, se había ido, la descubrió junto a la puerta.

La llevó a la mesa, tan atareado en atender a la muchacha, tan perdido en su contemplación, que olvidó el propósito, formado en las cavilaciones de la espera, de mirar vindicativamente al mozo. Clara pidió un té, con *sandwiches* y masitas; Gauna, un café solo. Se miraron en los ojos, se preguntaron cómo estaban, qué habían hecho, y el muchacho descubrió, en su propia solicitud, vaga y tierna, los rastros de un lejano, inimaginable y, acaso, humillante designio. Mientras lo juzgaba así, ya era imperativo y claro. Preguntó:

—¿Cómo te fue ayer a la noche?

—Muy bien. Trabajé poco. Ensayaron algunas escenas del primer acto. La que les dio más trabajo fue cuando Ballested habla de la sirena.

—¿De qué sirena?

—Una sirena moribunda que se perdió y no supo encontrar otra vez el camino del mar. Es un cuadro de Ballested.

Gauna la miró algo perplejo; después, como tomando una resolución, inquirió:

—¿Me querés?

Ella sonrió.

—¿Cómo no te voy a querer con esos ojos verdes?

—¿Con quién estuviste?

—Con todos —repuso Clara.

—¿Quién te acompañó a tu casa?

—Nadie. Figurate que ese muchacho alto, ese que va a hacer la notita en *Don Goyo*, quería llevarme a casa. Pero era temprano. Yo no sabía todavía si tenía que ensayar. Se cansó de esperarme y se fue.

Gauna la miró con una expresión cándida y solemne.

—Lo más importante —declaró, tomándole las manos e inclinando la cabeza— es decir la verdad.

—No te comprendo —contestó ella.

—Mirá —afirmó Gauna—, voy a tratar de explicártelo. Uno se acerca a otra persona para divertirse o para quererla; no hay nada de malo en eso. De pronto uno, para no hacer sufrir, oculta algo. El otro descubre que le han ocultado algo, pero no sabe qué. Trata de averiguar, acepta las explicaciones, disimula que no las cree del todo. Así empieza el desastre. Quisiera que nunca nos hiciéramos mal.

—Yo también —aseguró Clara.

Él continuó:

—Pero comprendeme. Ya sé que somos libres. Por lo menos, por ahora, somos completamente libres. Podés hacer lo que quieras, pero siempre decime la verdad. Te quiero mucho y lo que más precio es entenderme con vos.

—Nadie me ha hablado así —declaró la muchacha.

Ante sus ojos radiantes, pardos y puros, se avergonzó, se encontró descubierto; quiso reconocer que toda esa teoría de la libertad y de la franqueza era una improvisación, una apresurada memoria de conversaciones con Larsen, y que ahora la desplegaba para ocultar sus averiguaciones, su necesidad de saber lo que ella había hecho la noche en que no quiso acompañarla, para disfrazar un poco el inesperado y urgente sentimiento que lo dominaba: los celos. Empezaba a balbucir, pero la muchacha exclamó:

—Sos maravilloso.

Creyó que se reía de él. Cuando la miró, comprendió que hablaba con seriedad, casi con fervor. Se avergonzó más. Pensó que ni siquiera estaba seguro de creer lo que había dicho, ni de aspirar a entenderse perfectamente con ella, ni de quererla tanto.

XVIII

Cuando Gauna llegó a su casa, después de acompañar a Clara, Larsen dormía. Gauna se acostó silenciosamente, sin encender la luz. Después gritó:

—¿Cómo te va?

Larsen contestó, con entonación pareja:

—Bien y vos.

Casi todas las noches conversaban así, en la oscuridad, de catre a catre.

—A veces me pregunto —comentó Gauna— si no habría que tratar a las mujeres a la antigua, como dice el doctor. Pocas explicaciones, pocas zalamerías, con el sombrero entrado hasta las cejas y hablándoles por encima del hombro.

—Así no puede uno tratar a nadie —replicó Larsen.

Gauna aclaró:

—Mira, che, no sé qué decirte. No para todos son buenos los mismos ideales. A mí me parece que vos y yo somos demasiado comprensivos; podemos llegar a cualquier vergüenza y a cualquier cobardía. No sabemos contrariar a la gente; en seguida levantamos bandera blanca. Tenemos que endurecernos. Además, las mujeres lo corrompen a uno con sus cuidados y delicadezas. Las pobres, che, dan lástima; vos decís cualquier pavada y te escuchan con la boca abierta, como un chico en la escuela. Vos comprendés que es ridículo ponerse al mismo nivel.

—Yo no pisaría tan seguro —contestó Larsen, casi dormido—. Les gusta mucho halagar, pero sin que lo sospeches te dan veinte vueltas. No te olvides que mientras vos sudás toda la tarde en el taller, están alimentando el seso con *Para Ti* y un montón de revistas de costura.

XIX

Gauna presenciaba otro ensayo. Sobre el tablado estaban el actor que hacía el papel de Wangel, y Clara, en el papel de Élida. El hombre decía en tono declamatorio:

—No puedes aclimatarte aquí. Nuestras montañas te oprimen y pesan sobre tu alma. No te damos bastante luz, ni bastante cielo libre, ni horizonte, ni amplitud de aire.

Clara contestó:

—Es verdad. Noche y día, en invierno y en verano, siento la atracción del mar.

—Lo sé —contestó Wangel, acariciándole la cabeza—. Por eso la pobre enferma debe regresar a su casa.

Gauna deseaba escuchar, pero el crítico de *Don Goyo* le hablaba:

—Quisiera exponerle en términos palpables el problema de nuestro teatro. El autor nuevo, joven, argentino, se ahoga, se asfixia, sin contar con la posibilidad de ver corporizada su fantasía. En el plan de lo puramente artístico, le paso el dato que la situación es pavorosa. Yo mismo escribiría un auto sacramental, algo sumamente moderno: una salsa culinaria de Marinetti, de Strindberg, de Calderón de la Barca, mezclados en los jugos de la secreción de mi sistema glandular inmaturo, en pleno aquelarre onírico. Pero ¿qué garantía me proporcionan? ¿Quién va a representarlo? Habría que bajar el cogote de las compañías, aunque más no fuera con la amenaza de la policía montada. Mientras el autor oscuro, imperfecto si se quiere, languidece en la cucha y no logra dar a luz sus engendros, el ventrudo público, ese dios burgués que inventó el liberalismo francmasón, repantigado en las cómodas butacas que alquila a fuerza de oro, pasa revista a las obras que se le antoja, eligiéndolas, porque no es un marmota, entre lo mejorcito del repertorio internacional.

Gauna pensaba: «Sabrás muchas cosas, habrás leído mucho libro, pero te cambiarías ahora mismo por un ignorante como yo, con tal de salir con Clara». Baumgarten proseguía:

—En el sector libros me dicen que ocurre algo similar. Le pongo por caso mi primo, un muchacho idéntico a mí, bien parecido, grande, rubio, blanco, sano, hijo de europeo. Tiene inquietudes. Ha dado un libro: *Tosko, el enanito gigantesco*. Ese valor joven que firma Ba-bi-bu compuso el muñeco y firmó la falsa carátula. Toda la familia ha invertido dinero. Es un libro hermoso. Tiene pocas páginas, pero son grandes, me llegan acá —Baumgarten acotó, palmeándose una pantorrilla—, con letras negras, como de letrero, y márgenes en que se pierde el material de lectura. Bueno: usted lo pide en librería y tienen que buscarlo en el segundo sótano, donde está empacado con el envoltorio que rotuló Rañó, el viejo impresor. Usted abre el diario, se aburre leyendo notas en la página llamada bibliográfica, y ni una palabra, ni un suelto. Es una infamia. O si encuentra la nota, lo mismo podría aplicarla a un sonetario de Miembro Correspondiente de la Academia de la Historia. El clamor de la hora es la nota firmada, la nota sesuda, en el rotativo. El deber moral y material de nuestros plumíferos es lanzarse al asalto. No debemos cejar hasta que todo libro argentino reciba el estudio serio, y sobre todo amistoso, que reclama. A veces, mi primo la asusta a su señora declarándole que le dan ganas de no seguir escribiendo.

Gauna pensaba: «¿Por qué no te callás un poco? Total, esa tricota verde, ese saco felpudo, esa papada rosada y limpia, que tenés vos, ha de tener tu primo y tendrá toda tu parentela, no les va a servir de mucho, en cuanto a salir con Clara después del ensayo, que es lo único que te importa».

Se había distraído. Notó que el gigante no le hablaba y lo vio de pie, cerca del tablado. Clara venía hacia ellos.

—¿Voy a tener el honor —Baumgarten decía con su más cuidadosa sonrisa y parecía lavarse las manos, pero sólo las restregaba— de verla esta noche y depositarla en el umbral de su propia casa?

Clara contestó sin mirarlo:

—Ya me ha visto de sobra. Me voy con Gauna.

En la calle, lo tomó del brazo y, colgándose un poco, le pidió:

—Llevame a alguna parte. Tengo mucha sed.

Se cansaron caminando por todo el barrio; ninguno de los cafés ni de los almacenes estaba abierto. Clara casi no los miraba, pero insistía en la sed y en el cansancio. Gauna se preguntaba por qué la muchacha no se resignaba a que la dejara en su casa; no sería por falta de una canilla para beber y hasta bañarse toda y de una cama para dormir, como una reina, hasta el día del Juicio Final. Además, los caprichos de las mujeres lo aburrían. Pero de cansancio era mejor no hablar: se preguntaba cómo estaría él a la mañana siguiente, cuando se levantara a las seis para ir al taller. Tal vez influido por alguna reminiscencia del libro mencionado por Baumgarten, pensó que le gustaría que la muchacha fuera un enanito de cinco centímetros. La metería en una caja de fósforos —recordó las moscas, a las que sus compañeros de escuela arrancaban las alas—, guardaría la caja en el bolsillo y se iría a dormir. Clara exclamó:

—No sabés lo que me gusta andar con vos una noche como ésta.

La miró en los ojos y sintió que la quería mucho.

XX

Al otro día no ensayaban. Cuando volvió del trabajo, Gauna llamó a Clara por teléfono, desde la tienda, para preguntarle dónde irían. Clara le dijo que su tía Marcela había llegado del campo y que tal vez tuviera que salir con ella; le pidió que volviera a llamarla diez minutos más tarde; ya entonces habría hablado con Marcela y sabría qué iba a hacer. Gauna preguntó a la hija del tendero si podía quedarse un rato. La muchacha lo miraba con sus grandes ojos verdes, en forma de pera; tenía dos largas trenzas, era muy pálida y parecía sucia. En honor de Gauna, puso en el gramófono «Adiós, muchachos». Mientras tanto el tendero discutía laboriosamente con un viajante de comercio que le ofrecía «un producto muy noble, unas pantuflas con fieltro». El tendero estudiaba sus boletas y porfiaba que en veinticinco años al pie del mostrador nunca oyó hablar de calzado con filtro. Tal vez por la innata falta de escrúpulos en la manera de pronunciar, no percibían diferencias entre el fieltro que ofrecía uno y el filtro que rechazaba el otro; no se ponían de acuerdo: hablaban y hablaban, despreciándose mutuamente, esperando cada uno, para contestar, que el otro callara, sin haberle oído, sin prisa, con indignación.

Gauna volvió a llamar a Clara. Ésta le dijo:

—Es un hecho, querido. No salgo con vos. Mañana a la tarde te espero en el teatro.

Por lo que sucedió después, todo lo ocurrido esa tarde tiene importancia, o la tuvo en el alma de Gauna. Éste, cuando salió de la tienda, se dirigió a su casa tarareando el tango que oyó en el gramófono. Larsen había salido. Gauna pensó ir al Platense y ver a los muchachos; o visitar a Valerga; o hacer cualquiera de estas cosas y proseguir la investigación, tan lejana ya, tan olvidada, de los hechos de la tercera noche de carnaval. De antemano, todos estos proyectos lo desanimaban, lo cansaban, lo aburrían. No tenía ganas de hacer nada, ni siquiera de quedarse en el cuarto. Así empezó la tarde libre, que él tanto había anhelado.

Con renovado rencor hacia Clara, pensó que había perdido la costumbre de estar solo. Para no seguir ahí, mirando las paredes vacías y atareándose con pensamientos inútiles, se fue al cinematógrafo. Otra vez, en el camino, canturreó «Adiós, muchachos». En la esquina de Melián y Manzanares vio un carrito de panadero tirado por un caballo tobiano; cruzó el dedo mayor sobre el índice y pidió que le fuera bien con Clara, que descubriera el misterio de la tercera noche, que tuviera suerte. Justamente cuando iba a entrar en el cinematógrafo, por la avenida pasó otro carro con un cadenero tobiano. Pudo soltar los dedos.

Alcanzó las últimas escenas de una vista de Harrison Ford y de Marie Prevost; lo hicieron reír mucho y lo dejaron contento. Después de un entreacto ocupado especialmente por carreras de chicos e idas y venidas del chocolatinero, empezó *El amor nunca muere*. Era una larga historia de amor sentimental, que seguía más allá de la muerte, con hermosas muchachas y con jóvenes desinteresados y nobles, que envejecían ante el espectador y se congregaban, hacia el final, blanquecinos, ojerosos, y encorvados sobre bastones, en un cementerio nevado. Había gente demasiado buena, gente demasiado mala y como un ensañamiento del infortunio. Gauna salió con una sensación de recogimiento y de repugnancia que ni siquiera el regreso al mundo de afuera y la aspiración del aire de la noche atenuaron. Con vergüenza comprobó que estaba asustado. Le parecía que todo, repentinamente, se había contaminado de penas y de infelicidades y que no podía esperarse nada bueno. Trató de cantar «Adiós, muchachos».

Cuando llegó a su casa, Larsen estaba por salir. Fueron a comer juntos a ese restaurant de guardas de tranvía que hay en la calle Vilela. Como siempre, don Pedro, el viejo camionero francés, al sentarse pesadamente a su mesa, gritó:

—Un *fricandeau* con huevos.

Como siempre, desde el mostrador, el patrón averiguó:

—¿Con agua o con soda, don Pedro?

Y como siempre, con voz aguardentosa y entonación de mozo de restaurant, don Pedro contestó:

—Con soda.

Esa noche estaban sin tema y Gauna se puso a hablar de Clara. Larsen casi no contestaba; Gauna sentía la omisión y, tratando de propiciar a su amigo, se prodigaba en explicaciones, en distinciones y en justificaciones. Quería darle una buena impresión de Clara, pero temía parecer enamorado y subyugado; entonces hablaba mal de la muchacha y veía con disgusto que Larsen movía la cabeza y asentía. Habló mucho y habló solo, y al final se sintió asqueado y deprimido, como si lo abandonara un frenesí que después de impulsarlo a vituperar a Clara, a desconcertar a su amigo y a manifestarse él mismo como un desequilibrado y como un tonto, lo dejara vacío y exhausto.

XXI

Cuando llegaba a casa de Nadín, apareció Clara con el vestido celeste y con un sombrerito lila. El turco abrió la puerta. Anunció:

—Son los primeros en llegar. —Las enormes cejas negras formaban ángulo hacia arriba; sonreía con muchas arrugas, con muchos lunares, con labios rojos y húmedos—. Ni siquiera mi señor Blastein ha venido. Pero no se queden aquí, en el pasillo, parados, incómodos. Pasen al galponcito. Ustedes conocen el camino. Yo tengo que descocarme la cabeza con un receptor de galena, que no funciona.

Como si de pronto hubiera recordado algo de vital importancia, por ejemplo, de precaverlos contra un peligro, Nadín se volvió y preguntó:

—¿Qué me dicen del calor?

—Nada —contestó Gauna.

—Yo tampoco sé qué pensar. Es para volverse loco. Bueno, no los detengo. Sigan, sigan. Yo me regreso a mi piedra de galena.

Clara pasó adelante. Gauna, en silencio, pensaba: «Le conozco todos los vestidos. El negro, el floreado, el celeste. Le conozco una expresión de asombro en los ojos, cuando se le ponen muy serios e infantiles; el lunar en el dedo mayor, tapado por el oro del anillo, y la forma y la blancura de la nuca en el nacimiento del pelo». Clara dijo:

—Hay olor a turco.

Llegaron al galpón. Clara tuvo alguna dificultad en abrir la puerta. Gauna la miraba. Había algo muy noble en ese rostro de muchacha, estudiando el pesado picaporte, expresando una sincera concentración reflexiva. Ahora Clara se mordía el labio, empujaba el picaporte con las dos manos, se ayudaba con una rodilla, conseguía abrir. El esfuerzo le había esparcido por la cara un leve rubor. Gauna la miraba, inmóvil.

«Pobre chica», se dijo, y sintió una inesperada ternura, una compasión que lo impulsaba a acariciarle la cabeza.

Recordó el tiempo en que apenas la conocía de vista. Nunca imaginó que iban a quererse. Clara salía con muchachos del centro, que pasaban a buscarla en automóviles. Siempre había sentido que no podía competir con ellos; pertenecían a otro mundo, ignorado y sin duda odioso; tratándola se hubiera puesto en ridículo, hubiera sufrido. Clara le había parecido una muchacha codiciable, lejana y prestigiosa, tal vez la más importante del barrio, pero fuera del alcance. Ni siquiera había tenido que renunciar a ella; nunca se atrevió a anhelarla. Ahora la tenía ahí: admirable como un animalito o como una flor o como un objeto pequeño y perfecto, que debía cuidar, que era suyo.

Entraron. Clara encendió la luz. Colgada de una pared, había una enorme tela apergaminada, con dos máscaras dibujadas con líneas doradas, que tenían la boca desmesuradamente abierta. Indicando la tela, Gauna preguntó:

—¿Qué es eso?

—El nuevo telón —respondió Clara—. Lo ha pintado un amigo de Blastein. Esas bocas tan abiertas ¿no te dan náuseas?

Gauna no sabía qué contestar. A él, esas bocas no le daban náuseas ni le sugerían nada. De pronto se preguntó si la frase que le parecía inconsistente no se explicaría por la urgencia, que todos hemos conocido en algún momento, de decir algo. La muchacha estaba nerviosa; él creyó descubrir un tenue temblor en las manos. Pensó con asombro: «¿Será posible que yo la intimide? ¿Será posible que yo intimide a alguien?». Volvió a encontrarse enternecido con Clara; la veía como a un chiquilín desamparado, que necesitara su protección. Clara estaba hablando. Después de un instante, Gauna oyó las palabras. Clara había dicho:

—No tengo ninguna tía Marcela.

Todavía distraído, todavía sin comprender, Gauna sonreía. La muchacha insistió:

—No tengo ninguna tía Marcela.

Todavía sonriendo, Gauna preguntó:

—Entonces ¿con quién saliste ayer?

—Con Alex —contestó Clara.

El nombre no tenía connotación alguna en la mente de Gauna. Clara continuó:

—Me había invitado para salir ayer a la tarde. Le dije que no, porque nunca tuve intención de salir con él. Vos llamaste y comprendí que íbamos a caminar como siempre o que nos meteríamos en un cine. Realmente no podía más y me dio ganas de salir con el otro. Te dije que me hablaras diez minutos después, para tener tiempo de llamarlo y preguntarle si todavía quería salir. Me dijo que sí.

Gauna preguntó:

—¿Con quién saliste?

—Con Alex —repitió Clara—. Con Alex. Alex Baumgarten.

Gauna no sabía si levantarse y darle una bofetada. Seguía sentado, sonriendo, en actitud impasible. Había que mantener esa perfecta y sobre todo aparente impasibilidad, porque la confusión aumentaba. Si no tenía mucho cuidado, podía suceder cualquier cosa; podría desmayarse o ponerse a llorar. Hacía tal vez demasiado tiempo que estaba callado. Había que decir algo. Cuando habló, no le preocupó el sentido de sus palabras, sino la posibilidad de pronunciarlas. Dijo lo primero que se le ocurrió. Dijo:

—¿Esta noche salís de nuevo con él?

Vio que la muchacha sonreía. Movía negativamente la cabeza.

—No —aseguró Clara—. Nunca más voy a salir con él. —Y después de un momento, con un sutil cambio de tono, que señalaba, acaso, que ya no se refería a Baumgarten—: No me gustó.

Como el durmiente que oye, primero con vaguedad y después casi despierto, las voces de las personas que lo rodean, oyó las raudas exclamaciones, las risas y los gritos de Blastein, de la Turquita Nadín y de los actores. Los recién llegados, deteniéndose un poco, los palmearon y saludaron. Gauna mientras tanto sonreía, sintiendo (lo que nunca le pasaba) que él era el centro de la escena. Deseaba que esas personas se alejaran; temía que le preguntaran si estaba enfermo o si le pasaba algo. Blastein exclamó:

—Es tarde. El mismo Gauna, con la sonrisita sobradora, está impaciente. Hay que prepararse para el ensayo.

Saltó sobre la mesa y desapareció detrás de uno de los paneles laterales. Los demás lo siguieron. Clara le dijo a Gauna:

—Bueno, querido. Tengo que prepararme.

Rápidamente lo besó en la mejilla y se fue con los otros.

En cuanto se encontró solo, como si en algún momento ignorado por él mismo hubiera tomado la decisión, huyó. Retrocedió hasta la puerta, cruzó el patio, siguió el corredor y salió a la calle.

XXII

Caminó con rumbo al sur; dobló por Guayra y después, a la izquierda, por Melián. Pensó: «Relevado por ese asqueroso. Por ese chancho gordo, rozagante, limpio. Y todavía ella dirá que estamos cerca. Si le gusta ese chancho con tricotas, si tiene gustos tan distintos de los míos, ¿cómo se imagina que estamos cerca?». Sonrió, divertido con sus pensamientos. «Todas las mujeres tienen gustos distintos de los míos». Notó que un chico lo miraba con asombro. «No es para menos. Voy por la calle riéndome solo». Sintió una generosa despreocupación, como si hubiera bebido. Prosiguió: «Como si hubiera bebido el vino de su negra perfidia». Pensó que estas palabras debían apenarlo; misteriosamente, nada lo apenaba. Dijo en voz alta: «El vino negro de su perfidia». Empezó a tararear un tango. Oyó que tarareaba «Adiós, muchachos». Se pasó una mano por la boca y escupió.

Tal vez lo mejor fuera acabar la tarde en el Platense. Vio mentalmente a las personas que estarían ahí: Pegoraro, Maidana, Antúnez, quizá la Gata Negra. Se encontró murmurando: «Si alguno quiere pelea, lo voy a contentar». (Como casi todos eran amigos, parece raro que tuviera este pensamiento). En el café olvidaría su preocupación. Para olvidar, se convertiría en otro hombre, en un tipo más divertido que don Braulio, el peón de La Sanitaria. La anticipada visión de esa noche de triunfos, de elocuencia y de transitorio olvido, lo mortificaba.

Se le ocurrió después que debió quedarse en el teatro. «Van a notar mi ausencia. No sólo Clara; Blastein y los demás. Tal vez Clara explique. No es como las otras mujeres».

«No me importa lo que esa gente sepa. No volverán a verme. Clara, tampoco. Lo malo sería que esta noche, porque no estoy allí, saliera de nuevo con ese asqueroso. No, esto no debe importarme. Lo malo sería que me buscara; que me esperara a la salida del taller o en la puerta de casa. Lo malo sería llegar a una explicación». Pensar en explicaciones lo descorazonaba. Le gustaría darle dos bofetadas y dejarla. No podría tratarla así. No tendría fuerzas para sorprenderla tanto. Cuando Clara lo mirara, perdería el ímpetu. «Esto me ocurre por haber sido tan amigo y tan razonable. Tan estúpido. Linda maricconería amigarse con las mujeres».

La calle bajaba, en una leve pendiente de un centenar de metros, para luego prolongarse, como sumergida entre árboles. Asomado a esa vaga extensión urbana, a ese crepúsculo de techos, de patios y de follajes, Gauna sintió las nostalgias que despierta la contemplación del mar desde la costa; pensó en otras lejanías; recordó los dilatados ámbitos de la República y deseó emprender largos viajes ferroviarios, buscar trabajo en las cosechas, en Santa Fe, o perderse en la gobernación de La Pampa.

Eran sueños a los que debía renunciar. No podía partir sin hablar con Larsen. Y ni siquiera con Larsen quería hablar de lo que le había hecho Clara.

No quedaba otro remedio que volver, mostrarse muy afectuoso, muy alegre. «Presentar un frente unido, en que ella no sorprenda la menor grieta y poco a poco dejar que la indiferencia tome cuerpo y empezar a alejarse. Poco a poco, sin apuro, con gran habilidad». Mientras pensaba esto se exaltaba, como si presenciara su proeza, como si fuera su propio público. «Con gran habilidad, con tanta maestría que esa infeliz de Clara no vincule mi alejamiento con su historia con Baumgarten». Para Clara, él se alejaría porque había dejado de quererla; no porque sintiera despecho, o porque ella lo hubiera traicionado o porque le hubiera roto el corazón. Gauna comprobó que estaba emocionado.

No había para qué preguntarle lo que había hecho con Baumgarten. «Yo, tan seguro, tan hombrecito y soy el infeliz de la historia, el engañado. Casi la mujer».

Otra idea sería esperar a ese chancho en un baldío y provocarlo. «Si quiere trompadas, lo beneficio con el cuchillito hasta el mango de anta. Lo malo sería quedar como un loco ante Clara. Ante Larsen, no habrá explicación posible. Le pareceré un loco de esos que aburren».

Entró en un almacén —una casa verde, una especie de castillito con almenas— en la esquina de Melián y Olazábal. Detrás del mostrador había un individuo enclenque y roñoso. Estaba reclinado, con una mano envuelta en un trapo húmedo, sobre un grifo metálico, en forma de esbelto pescuezo y de picudo rostro de flamenco, y miraba, con abulia y con desconsuelo, una pileta llena de vasos. Gauna le pidió una caña quemada. Después de la tercera copa oyó una voz gutural, estridente y, a lo que le pareció, diabólica, repitiendo: «La suerte». Se volvió hacia la derecha y vio, caminando hacia él, por el borde del mostrador, una cotorra. Más atrás, más abajo, rígidamente estirado sobre una pequeña silla, casi acostado en el suelo, descansaba un hombre, cara al techo; paralelamente con el hombre, apoyado en el respaldo de una silla idéntica, había un cajón que tenía en el centro, como pie, un largo palo. La cotorra insistía: «La suerte», «la suerte», seguía avanzando, ya estaba muy próxima. Gauna quería pagar e irse, pero el dependiente había desaparecido por una puerta abierta sobre la penumbra de los fondos. El animal agitó las alas, abrió el pico, erizó el verde plumaje y, en seguida, recuperó su lisura; después dio otro paso hacia Gauna. Éste se dirigió al hombre que estaba acostado sobre la silla.

—Señor —le dijo—. Aquí su pájaro quiere algo.

El otro, inmóvil, respondió:

—Quiere adivinarle la suerte.

—¿Cuánto me significará en efectivo? —preguntó Gauna.

—Poca plata —contestó el hombre—. Por ser usted, veinte centavos.

Enarbolando el cajón, se irguió con dureza y con agilidad. Gauna descubrió que tenía una pierna de palo.

—Está loco —replicó, observando con disgusto que la cotorra se preparaba, con apreciativos cabeceos, a encaramarse en su mano.

El hombre rebajó prontamente:

—Diez centavos.

Agarró la cotorra y la puso frente al cajón. El animal sacó un papel verde. El hombre lo tomó y se lo dio a Gauna. Éste leyó:

> *Los dioses, lo que busque y lo que pida,*
> *como loro informado le adelanto,*
> *¡ay! le concederán. Y mientras tanto*
> *aproveche el banquete de la vida.*

Gauna comentó:

—Sospechaba que era un pájaro atrabiliario. No quiere que tenga buena suerte.

—No le permito que diga eso —replicó el hombre, encarándose, ya furioso, con Gauna—. Nosotros dos queremos siempre la suerte del cliente. A ver, muéstreme la papeleta. Ve, no sabe ni leer. Aquí reza en letra de molde que usted conseguirá lo que busca y lo que pide. Yo no sé qué más quiere por la módica suma.

—Bueno —contestó Gauna, casi vencido—, pero en la papeleta se declara loro y es cotorra.

El hombre contestó:

—Es loro acotorrado.

Gauna le entregó una moneda, pagó las cañas y salió del almacén. Bajó por Melián hasta Pampa, dobló a la derecha y después tomó la avenida Forest. Esos barrios no eran como el suyo. En vez de las casitas desamparadas, que le parecían francas y alegres, había recatados chalets, rodeados de un secreto dibujo de jardines, de árboles que entrelazaban el follaje y de cercos metódicos. Imaginaba que los altivos porteros lo miraban con receloso desdén; el coraje le hervía en las venas, y no le faltaban ganas de convocar a la siempre dispuesta muchachada de Saavedra e intentar una locura… Lo malo es que la muchachada no lo hubiera seguido. Las patriadas, desgraciadamente, en esta época de egoísmo, eran la tarea de un hombre solo. Y un hombre solo ¿qué podía hacer?

Pensó en el barrio. La palabra «Saavedra» no evocaba para él un parque rodeado por un foso y exaltado en trémulos eucaliptos; evocaba una callecita vacía, casi ancha, flanqueada de casas bajas y desiguales, abarcada por la claridad minuciosa de la hora de la siesta.

Como la persona que sorprende, en esas noches de inconcebible arquitectura y en esas vastas madrugadas que siguen a la muerte de alguien, el pensamiento, en medio de la fiel congoja, ya distraído, ya olvidado, así Gauna se preguntó: «¿Qué es esto?». Quiso volver al dolor, a la soledad, a Clara.

Atribuyó el origen de la desgracia a manifiestos errores de su conducta, pero también sospechó que la culpa de todo la tendrían, de una manera oscura y profunda, actos que, en apariencia, no podían vincularse a la voluntad de Clara; por ejemplo, haber cantado el tango «Adiós, muchachos»; o haberse atado, a la mañana, el zapato izquierdo antes que el derecho; o haber sumido su alma, a la tarde, en el infortunio que se desprendía de la película *El amor nunca muere*.

Caminaba como sonámbulo, no veía nada, o involuntariamente concentraba la atención en un objeto; por ejemplo, cuando miró con insistencia de pintor, en la avenida Forest, en una desnuda vereda, ese árbol corpulento y retorcido, cuyo ramaje, de una tonalidad azul verdosa, parecía doblegarse en una lluvia de hojas sutiles, y se preguntó por qué no lo habrían derribado.

Prosiguió con rumbo oeste; volvió a pensar en Clara; se encontró, de nuevo, entre casitas parecidas a las de su barrio («pero no iguales», se dijo); avanzó interminablemente por calles desconocidas; consideró, con alguna tristeza, que los días ya se acortaban; entró en un almacén, pidió una caña y, después, una segunda; volvió a caminar; se encontró en una avenida que era Triunvirato y dobló a la izquierda.

Instintivamente anhelaba castigar a Clara y castigar a Baumgarten. «Cuanto mayor sea el alboroto, más lejos quedará la amargura de hoy». Aunque la gente se enterara de su humillación, él podría olvidarla. Tendría que olvidarla, para encarar situaciones nuevas. Lo malo es que en algún inevitable momento, cuando la agitación hubiera cesado, recordaría el día de hoy y lo que la muchacha le había dicho. Lo malo de las venganzas era que perpetuaban la ignominia. Mientras Clara lo hubiera engañado esa tarde, de poco le valía golpearla o matarla después… «En cambio», murmuró, «si la enamorara para poder olvidarla»... Desgraciadamente, habría que volver, habría que seguir los caminos de la abnegación y de la hipocresía. Aunque menos juicioso, más agradable era abofetearla (primero con la palma de la mano, luego con el revés) y alejarse para siempre.

Caminó un tiempo que podía ser la eternidad; bordeó el paredón del cementerio de la Chacarita, cruzó vías y distinguió, entre las casas, vagones ferroviarios, pasó por corralones y por hornos de ladrillos y con recogimiento avanzó por fin por la calle Artigas, bajo árboles oscuros que parecían formar una cúpula más allá del cielo. Cruzó otras vías, llegó a la plaza de Flores. Advirtió súbitamente que estaba cansado; debía sentarse, debía entrar en un café o en un restaurant y sentarse a tomar algo. Pero había demasiada gente. Había tanta gente que se enojó. Siguió caminando; vio pasar un tranvía 24; corrió por la calle y lo alcanzó. Iba a quedarse en la plataforma, como de costumbre, pero las piernas le temblaban, «pedían silla» —según él formuló el concepto— y entró en el coche. Comprendió que andaba con suerte, porque el tranvía era de los que tienen asientos de estera; se repantigó cómodamente, pagó su boleto y, con algún orgullo (como el que todo el mundo experimenta al ver su nombre, en letras de molde, en el padrón electoral), leyó el letrero: CAPACIDAD: 36 PERSONAS SENTADAS. Sacó del bolsillo del pantalón un verdoso atado de cigarrillos Barrilete; encendió uno y lo fumó con toda tranquilidad.

XXIII

Mientras el tranvía bajaba hacia el este o se internaba en el sur, Gauna pensaba en Clara, pensaba en Baumgarten, se imaginaba golpeando a Baumgarten delante de Clara, maltratando y perdonando a Clara, fracasando en estas aventuras por el mayor peso, el mayor alcance de su rival o por las burlas de la muchacha; descorazonado, se imaginaba entonces en un hosco y definitivo aislamiento, comentado respetuosamente por todo el barrio de Saavedra. El ruido de las ruedas sobre las vías, que alcanzaba momentáneos éxtasis cuando el vehículo aumentaba la velocidad o emprendía una curva, alentaba secretamente sus cavilaciones; Gauna sentía la plenitud del infortunio; se tenía lástima; llegaba a creer que el suyo era un caso extraordinario y pensaba que si le facilitaran papel y lápiz ahí mismo escribiría, si dominara el rudimento de la música y la mitad de lo que sabía de piano la más fea de sus primas, un tango que lo convertiría, en un abrir y cerrar de ojos, en el ídolo mimado del gran pueblo argentino y que dejaría a Gardel-Razzano con la boca abierta; pero no, el mundo no cambiaría para él; todo el futuro ya estaba dibujado: la duración de ese viaje en tranvía y, más temprano o más tarde, la vuelta a Saavedra. Lo peor de todo es que tampoco en su cabeza habría cambio alguno:

ahí estaría, invariablemente, la traición de Clara, obligándolo a retirarse, a buscar soledad; ahí estaría su relación con Clara, relación sentimental, pero también comprensiva y amistosa, que reclamaría explicaciones, invocaría responsabilidades y exigiría lo que era razonable: la reconciliación, el olvido, el sacrificio del rencoroso amor propio; ahí estarían Larsen y todo el barrio, mirando, con pena, con asombro o con desdén, su vergüenza. Para cambiar todo eso, habría que intentar una locura; no una simple locura, que sólo sirviera para agrandar el oprobio; una locura ingeniosa, que alterara todo, que dejara a la gente confundida, mirando para otro lado, sin recuerdos ya de ese espectáculo francamente desolador. Pero le iba a fallar el ingenio y se sentía muy capaz de cometer una estupidez que lo cubriera de ridículo. O tal vez no. Tal vez le faltara el empuje necesario. Le quedaban todavía dos caminos. Volver, acallando todo lo que sentía, contrariando su rencor, que era lo que más le importaba, disimulando, para vivir una íntima soledad, para lograr una remota venganza; o el segundo camino, buscar una pelea. Ésta era la solución. Después de la pelea, todo habría cambiado. El cambio no sería fundamental; sería, apenas, una cuestión de matiz, pero eso ya era mucho. Una pelea ¿con quién? La persona evidente era Baumgarten, pero había que buscar otra, a una que no pudieran vincularla con la traición de Clara. Había que emprender algo que llevara la atención de la gente hacia otro lado y que a él mismo lo distrajera del asunto.

Avanzaban, cabeceando, por una desnuda calle de Barracas. Gauna vio, al pasar, una luz en la vereda. Se levantó; cuando llegó a la plataforma, el tranvía ya estaba en la esquina. Miró hacia atrás. Con un movimiento leve y seguro se descolgó del tranvía y, caminando lentamente por el centro de la calle, mirando los rieles, cuyo móvil reflejo azulado invocaba en su memoria la rápida, inquieta sensación de un recuerdo, llegó hasta el zaguán iluminado. La puerta estaba entreabierta; entró sin tocar el timbre.

«Hay demasiada gente», se dijo, «mejor es que me vaya». Estaba apoyado contra la espalda enlutada de un hombre y contra el hombro de otro, con saco de panadero. Mientras avanzaba, con dificultad, en puntas de pie, tratando de ver, pensó: «Con tal de que no haya ocurrido algo y lo tomen a uno de testigo». En ese momento sintió una presión en un brazo. La causaba una señora de escasa estatura, de alguna edad, con pelo exageradamente rubio y con vestido exageradamente verde. Gauna la miraba, interesado; el espeso dibujo de los labios se había corrido y el lunar postizo de la mejilla parecía de hollín. La señora le dijo con tosco acento extranjero:

—¿Usted sabía que estábamos de casamiento?

—No, no sabía. Yo no conozco a nadie aquí —contestó Gauna.

—Entonces va a tener que volver mañana —explicó la señora y en seguida agregó—: Pero ahora va a acompañarnos en la fiestita. Venga a tomar un vaso de vino Zaragozano, o siquiera El Abuelo, y a probar el pastel.

Trabajosamente se abrieron paso y llegaron hasta la mesa donde estaba la bandeja de los pasteles. Ahí le suministraron alimento y le presentaron a dos señoritas de aspecto formal. Una tenía ojos arqueados, cara de gata y hablaba mucho, con suspiradas exclamaciones. La otra era oscura, taciturna, y su parte en la conversación parecía reducirse al mero acto de presencia; a estar ahí; a estar ahí su cuerpo debajo de un vestido, modesto y tenue. Gauna oyó vagamente que las señoritas trabajaban en el Rosario y se encontró ponderando, segundos después, el continuo progreso de la Chicago Argentina, ciudad mucho más alegre que Buenos Aires y a la que un día esperaba conocer.

—Como nosotras nunca salimos de casa —la señorita conversadora acotó rencorosamente— poco nos importa que el Rosario sea alegre como una castañuela.

La señora extranjera le habló de la boda:

—No faltarán las malas lenguas que digan que esto no va en serio, porque no hay cura ni registro civil. Pero yo le pido que se haga cargo de los matrimonios de hoy en día. El Pesado es un muchacho bueno y estoy segura que a Maggie no le faltará ahora quien se ocupe de los certificados médicos, el permiso municipal y muchas otras cosas. Yo me pregunto qué más puede esperar una mujer de su marido.

A continuación le entregó a Gauna un segundo pastel y le propuso que pasara a felicitar a los novios. Gauna trató de excusarse, pero debió seguir a la señora, abriéndose paso entre la gente, hasta el rincón del comedor donde los novios recibían las felicitaciones de los invitados, felicitaciones que muy pronto se convertían, para demostrar que allí no había estiramiento y por razón de buen gusto, en toda suerte de bromas procaces y de pullas. La novia era una muchacha pálida, acaso rubia, con un sombrerito redondo, hundido hasta los ojos, un vestido muy corto y zapatos de taco alto. El novio era un hombre corpulento y canoso; su traje negro y su notorio aseo sugerían un paisano de visita en Buenos Aires; contradictoriamente, las manos eran pequeñas, suaves y cuidadas. Después de saludarlos, Gauna se encaminó, a fuerza de empujones y codazos, hacia el patio; pensó que tenía que ventilar los pulmones, porque en la casa no corría el aire y francamente ya no se podía respirar. Sintió un sudor frío y, por unos instantes, creyó que iba a desmayarse. Se decía: «Qué vergüenza, qué vergüenza», cuando lo distrajo el lloroso canto de un violín. Llegó, finalmente, al patio; éste era más bien estrecho; con piso de baldosas rojas, algo ennegrecidas; en macetas y en latas había plantas de flores blancas o amarillentas; el músico estaba en un rincón, apoyado en una delgada columna de hierro y rodeado por un grupo de curiosos. La señora extranjera habló casi en el oído de Gauna; preguntó:

—¿Qué le parecen los novios?

Para contestar algo, Gauna dijo:

—La novia no está mal.

—Va a tener que volver mañana —respondió la señora—. Hoy no puede atenderlo.

Con una vaga esperanza de librarse de su acompañante, Gauna se acercó al violinista. Creyó ver en la frente del hombre una corona, una corona dibujada; era una serie de pequeñas marcas descoloridas, tal vez cicatrices, en forma de muescas o de rombos; el hombre aparentaba unos treinta años; estaba en cabeza, y la cabellera castaña, larga, delgada, se ondulaba con cierta pomposa y genuina dignidad; los ojos, extrañamente abiertos, eran dolorosos, y una barba en punta, suave y sutil, terminaba el pálido rostro. Al lado del hombre, un niño distraído jugaba con un sombrero.

—Háganos oír otro valsecito, maestro —pidió Gauna, con voz humilde.

Con lentitud, como para atajarse un golpe terrible pero lentísimo, el músico levantó los brazos, pareció crucificado en la columna, gimió roncamente y aterrado retrocedió y huyó, embistiendo, repetidas veces, las paredes que daban al patio. El chico del sombrero despertó luego de su distracción, corrió hacia el músico, lo tomó de una mano y lo arrastró en dirección a la salida. Gauna estaba perplejo, pero, en vez de preguntarse el significado de esa fuga inopinada, la comparaba con el desesperado vuelo de un pájaro que había entrado por la ventana, cuando él era niño, en la casa de sus tíos, en Villa Urquiza. Salió de su confusión; notó que todos lo miraban con desconfianza y, acaso, con respeto. Evidentemente, la señora quería hablarle, pero, por un motivo o por otro, no podía articular. Antes de que se repusiese, Gauna se encaminó hacia la puerta, entre personas que le abrían paso y lo miraban. Llegó a la calle, cruzó a la vereda de enfrente, y se alejó caminando despacio. Cuando había recorrido unos doscientos metros, se volvió. No lo seguían. Continuó su camino y, después de un rato, se preguntó qué había pasado. Por cierto, no pudo contestar. La tonada y las palabras de «Adiós, muchachos» se insinuaron, por un momento, en su boca.

XXIV

Cuando llegó al cuarto, encontró a Larsen durmiendo. Gauna se desvistió silenciosamente; abrió la canilla de la pileta y tuvo un rato la cabeza debajo del chorro de agua fría; se acostó con el pelo mojado. Aunque cerrara los ojos veía imágenes: pequeñas caras activísimas, que surgían unas de otras, como el agua de una fuente; gesticulaban, desaparecían y eran reemplazadas por otras análogas, pero levemente distintas. Así, de espaldas, inmóvil, atendiendo a ese involuntario teatro interior, estuvo un tiempo que le pareció interminable, hasta que se durmió, para ser despertado, casi en seguida, por la campanilla del reloj Tic-Tac. Eran las seis de la mañana. Por suerte para Gauna, le tocaba a su amigo preparar el mate.

Larsen le dijo:

—Te acostaste tarde, anoche.

Vagamente contestó Gauna que sí, miró a Larsen, que estaba encendiendo el calentador, y pensó: «Siempre encuentra razones para desaprobar a Clara». Estuvo a punto de explicarle que no había salido con ella, de formular así el pensamiento: esta vez Clara no tiene la culpa. Le irritó descubrir que su primer impulso era defenderla. Uno después de otro se lavaron la cara y el pescuezo. Cuando acabaron de matear, ya se habían vestido. Gauna preguntó:

—¿Qué hacés esta noche?

—Nada —contestó Larsen.

—Cenamos juntos.

Gauna se detuvo por un instante en la puerta, creyendo que Larsen preguntaría si se había peleado con la muchacha; pero como lo más que debemos esperar del prójimo es una incomprensiva indiferencia, Larsen calló, Gauna pudo irse y la molesta explicación quedó postergada, quizá definitivamente.

Afuera había una luz muy blanca, un calor de mediodía, quieto y vertical. El sonoro carro de un lechero, cruzando la esquina desierta, afirmó lo temprano de la hora. Gauna tomó la vereda de la sombra y se preguntó cómo haría para evitar encuentros con la muchacha durante las fiestas de primero de año. Pensó después que el día veinticuatro había sido el más caluroso de la estación y sonriendo filosóficamente recordó láminas con escenas de Navidad en un paisaje de nieve. Cuando entró en el taller creyó que se le atajaba la respiración: allí no había aire; había, solamente, calor. Pensó: «A las dos de la tarde las chapas van a estar como un horno. El día de hoy va a ser un serio oponente al de Navidad».

En cuclillas, en rueda, Lambruschini y los mecánicos tomaban mate. Ferrari tenía el pelo escaso, crespo y delgado, los ojos celestes, la cara pálida, lampiña, la expresión despectiva; una colilla chamuscada siempre estaba pegada a sus labios, que, al entreabrirse, descubrían algún diente largo y flojo y un portillo oscuro; el cuerpo era flaco, desgarbado, y los pies, considerables, se abrían en un ángulo prodigiosamente obtuso. Cuando le pedían que hiciera algún mandado, se acariciaba los pies —por un motivo o por otro, siempre estaba acariciándose los pies, calzados o descalzos— y exclamaba desganadamente: «Pie plano. Exceptuado de todo servicio». En cuanto a Factorovich, tenía el pelo castaño, los ojos oscuros, fijos y relucientes, la cara blanca y grande, con una extraña dureza de planos, como si estuviera esculpida en madera, las orejas y la nariz enormes, aparentemente filosas. Casanova tenía el cutis cobrizo y tan brilloso que se diría que le habían dado una mano de barniz; el pelo, denso, le encasquetaba el cráneo casi hasta las cejas, como una media muy negra y muy ceñida. Era de escasa estatura, tenía, apenas, cuello y más que gordo parecía hinchado; sus movimientos eran suaves y ágiles. Siempre estaba sonriendo, pero no era amigo de nadie. La gente decía que se necesitaba la paciencia de Lambruschini para aguantarlo.

Hablaban de un viaje al campo, a casa de un pariente de la señora Lambruschini. Éste convidaba.

—Salimos el primero a la madrugada —le dijo a Gauna—. Contamos con vos.

Gauna asintió rápidamente. Cuando los otros retomaron el diálogo, se preguntó si podría ir; si había alguna posibilidad de pasar el primero de año sin ella.

—¿Cuántos somos? —preguntó Lambruschini.

—Perdí la cuenta —contestó Ferrari.

—Olvidan lo más importante —declaró, interrumpiéndolos, Factorovich—. El factor vehículo.

Casanova opinó:

—Nada más aparente que el Brockway del señor Alfano.

—Los coches de los clientes no se tocan —sentenció Lambruschini—, si no es para diligencias y con el pretexto de probarlos. Nos arreglamos con la chatita.

XXV

Con esfuerzo de voluntad esos días evitó a la muchacha. El primero de año, a las tres de la mañana, llegó con Larsen a la casa de su patrón. La chatita —un viejo Lancia verde, en el que Lambruschini había sustituido la carrocería por una cabina y una caja descubierta— estaba en la calle. Algunas personas, que en la penumbra Gauna no identificó, ya esperaban, apoyadas en la baranda de la chata, inquietas por la demora o por el frío. Cuando los vieron llegar, desde arriba les gritaron «feliz año»; ellos contestaron con las mismas palabras. Gauna oyó la inconfundible voz de Ferrari, que preguntaba:

—¿Por qué no le dan un descanso al año nuevo? Parecen locos.

Hablaron del tiempo. Alguien observó:

—Es de no creerlo: ahora con este frío, que usted se atornilla en el espinazo, y dentro de pocas horas el que más y el que menos estará sudando los chicharrones.

—Hoy no va a hacer calor —aseguró una voz femenina.

—¿No? Ya verás: comparado, el día de Navidad va a resultar un poroto.

—Es lo que digo: el tiempo está loquísimo.

—No, che, hay que ser justo. ¿Qué querés? Son apenas las tres de la mañana.

Gauna decidió entrar en la casa, ofrecerse a Lambruschini para ayudarlo a cargar la chata. Se preguntó si esa decisión no demostraba su natural abyecto y servil. Aún Gauna estaba desarrollándose; él mismo comprendía que podía ser valiente o cobarde, generoso o retraído, que todavía su alma dependía de resoluciones y de azares, que todavía no era nada. Aparecieron Lambruschini, Factorovich, las dos señoras y los chicos. Hubo augurios de felicidad y abrazos. Gauna y Larsen ayudaron a cargar algunos repuestos para el Lancia, unas pocas herramientas, una valijita y un calentador. Lambruschini, las señoras, uno o dos chicos entraron en la cabina; los otros subieron a la parte trasera del camión. Cuando éste se puso en movimiento no habían acabado los abrazos; hubo sacudidas, caídas y carcajadas; en la confusión, Gauna oyó una voz muy cercana, que le decía: «Deseame felicidad, querido». Estaba en brazos de Clara.

La muchacha explicó:

—Encontré a la señora de Lambruschini en la mercería. Habló del paseo y le pedí que me invitara.

Gauna no contestó.

—Traje a la Turquita Nadín —añadió Clara y señaló, en la oscuridad, a su amiga. Después, muy despacio, pasó un brazo por detrás de los hombros de Gauna y lo apretó contra ella.

Cruzaron toda la ciudad, siguieron por Entre Ríos, salieron a la provincia por el puente de Avellaneda y, por la avenida Pavón, se dirigieron a Lomas y Temperley y Monte Grande. Clara y Gauna, ateridos de frío, abrazados, acaso felices, vieron su primer amanecer en el campo. A la altura de Cañuelas un automóvil trató repetidamente de pasarlos, hasta que por fin lo consiguió.

—Es un FN —observó Factorovich.

Gauna preguntó:

—¿Qué marca es ésa?

—Un auto bélgico —declaró Casanova, sorprendiéndolos.

—Aquí hay automóviles de todas partes —sentenció con orgullo Factorovich—. Hasta hay uno argentino: marca Anasagasti.

—Si yo fuera gobierno —comunicó Gauna— no dejaría entrar un solo automóvil en el país. Con el tiempo se reproducirían de industria argentina y por enteramente asquerosos que fueran el público consumidor los compraría sin chistar, abonando un precio considerable.

Todos convenían en esa política y aportaban nuevos argumentos, que fueron interrumpidos por la primera pinchadura. Después de cambiar el neumático retomaron el camino; volvieron a detenerse, volvieron a cambiar neumáticos, revisaron, desarmaron, limpiaron y armaron la bomba de nafta; luego prosiguieron avanzando, entre baches y terragales, hasta llegar, por fin, al río Salado. El cruce en balsa interesó a grandes y chicos. Larsen temía que el peso del camión cargado fuera excesivo y que la balsa naufragara; por más que los balseros afirmaban que no había peligro, seguía desconfiando. Como nadie lo escuchaba, debió resignarse a que todos, camión y pasajeros, cruzaran el río en un solo viaje, no sin antes repetir hasta el cansancio que los había prevenido, que él no se hacía responsable y que se lavaba las manos. A pesar de todo, intervino minuciosamente en las maniobras de subir el camión a la balsa y de asegurarlo; examinó las maneas y discutió en voz alta cada una de las operaciones. Los chicos le hacían caso. Cuando llegaron, indemnes, a la margen opuesta, sus antiguos temores no le molestaban; habían desaparecido.

Almorzaron poco antes de las once, a la sombra de unas casuarinas. Mientras las mujeres preparaban la comida, los hombres, en un fueguito aparte, calentaron el agua para el mate. Como hacía calor, después de almorzar durmieron la siesta.

Eran casi las dos cuando volvieron a andar. Dejaron atrás Las Flores y, al pasar por La Colorada, Larsen dijo:

—Ahora hay que poner atención.

—Es cierto —contestó Factorovich—. Ahora nomás hay que tomar el recodo.

—Primero tenemos que llegar al puente —corrigió Larsen.

Todos miraban nerviosamente el camino. El puente apareció, en un estrépito de tablas lo cruzaron y, lateralmente, vieron el canal, recto y reseco. Larsen recordó las instrucciones:

—Cuando enfrentemos un monte de eucaliptos con cerco de cinacina, doblamos a la izquierda, dejando a la derecha el monte y el camino real.

—No te acalores —le aconsejó Gauna, guiñando un ojo a Ferrari—; con el destino que llevamos, lo mejor es perderse.

—Voto por la vuelta a casa —anunció Ferrari.

La Turquita dijo:

—Son unos odiosos.

—¡El monte, el monte! —gritó Larsen con excitación.

No aprovechó bastante su victoria, porque Lambruschini dobló rápidamente hacia la izquierda y el monte quedó atrás. Larsen se volvió para mirarlo. La Turquita comentó:

—Parece el capitán de un buque.

—El capitán pirata —enmendó Ferrari.

Todos rieron. El camino, angosto al principio, después de una tranquera automática no tenía alambrados a los lados laterales y, finalmente, era una huella entre los pajonales, en la vastedad del campo. Clara señalaba a los chicos los caballos, las vacas, las ovejas, los chimangos, las lechuzas, los horneros. Estas explicaciones parecían molestar a Larsen, que necesitaba toda su atención para seguir el camino. Se extraviaron muchas veces, llegaron a poblaciones, gritaron «Ave María», pidieron que los orientaran, volvieron a extraviarse. Continuamente detenían la marcha. Larsen y Lambruschini bajaban, miraban hacia un lado y otro, se consultaban. Los chicos también bajaban, y perseguían los cuises arrojándoles barro seco. Después había que esperarlos. Los demás aplaudían.

—Le voy a Luisito —decía Clara.

—Le voy al cuis —decía Ferrari.

—Son peor que los chicos —protestaba Larsen, disgustado—. Les interesa más la cacería de cuises que la ruta.

—Ojalá que no llueva —exclamó la Turquita.

El viento había cambiado y nubes grises amenazaban desde el sur. El paraje era solitario. Los pajonales, muy altos, se agitaban contra un cielo oscuro, ya inmediato. Clara debió de sentir una íntima exaltación, porque apretó el brazo de Gauna y gritó con voz ahogada:

—Ahí está el arroyo.

Lo vieron, encajonado, entre bordes de pasto muy verde, muy oscuro, con barrancas de tierra. El agua, inescrutable y tranquila, aparecía en una curva.

Gritó Larsen:

—Ahí está el monte de Chorén.

Vieron unos pocos sauces, unos álamos negros, algún eucalipto.

—Qué maravilla —exclamó la Turquita, prorrumpiendo en pequeños saltos, en pequeños gritos, en pequeñas risas—. Hemos llegado.

—Si nos quedamos aquí van a pasarnos cosas horribles —dijo Ferrari, con un estremecimiento que no era fingido—. Lo mejor es volver.

Se detuvieron junto al monte, frente a una tranquera hecha de viejos remiendos de lienzos de corral y de alambres de púa oxidados. Lambruschini tocó la bocina repetidamente. Dos perros ovejeros, de color leonado, frente alta y expresión humana, los recibieron con ladridos casi afónicos. Muy pronto olvidaron la ferocidad, orinaron las ruedas del Lancia, movieron las colas, se alejaron distraídos. Lambruschini volvió a llamar con la bocina. Se oyó una voz inconfundiblemente española, que gritaba:

—Ya va, ya va.

Apareció un hombrecito vestido de harapos. Era calvo, con anteojos, con bigote hirsuto y prominente, con una boca angosta, pródiga en sonrisas y en molares. Dio la mano —una mano corta, inmóvil, áspera— y dijo a cada uno: «Bien y usted. Feliz año», y a la señora de Lambruschini: «¿Cómo te baila, prima?» y la besó en las mejillas. La señora parecía molesta. El hombrecito, mostrando sus innumerables dientes amarillos y abriendo los brazos, rogó que pasaran. Hablaba en tono admirativo:

—Pasen nomás. Pongan el camión en cualquier parte. Aquí va a estar muy bien, muy bien. —Señalaba un galponcito que ya no era de barro, sino de evidentes maderas y latas y polvo—. Yo los esperaba a almorzar. ¿O no almorzaron? Aquí nunca falta comida; ah, no, eso no. Mucha comodidad no hay…

Vanamente la señora de Lambruschini trataba de interrumpirlo y de proceder a las presentaciones. Mientras Lambruschini guardaba el camión, los demás llegaron a la casa. Ésta era baja, de adobe, con alero. Tres puertas daban al frente: la del dormitorio, la de un cuarto vacío, la de la cocina.

—¿Usted cree que va a llover? —preguntó Larsen.

—No creo —respondió Chorén—. El viento estaba lindo, pero ahora se puso del sur y por suerte va a limpiar.

—Qué suerte —exclamó Larsen.

—Así es —convino Chorén—. Bien perra, con el perdón de la palabra. No se ha visto una seca semejante.

Gauna, para darse aires de hombre de campo, le preguntó cómo estaba la hacienda.

—La hacienda no está mal —repuso Chorén—, pero la majada, con peste. Ha de ser la seca.

Ese matiz entre hacienda y majada, le hizo sentir a Gauna que, aunque procediera de una familia de Tapalqué, sus conocimientos rurales no eran mucho más firmes que los de sus amigos.

La señora de Lambruschini les había hablado del bosque de frutales del pariente. Factorovich, Casanova y los chicos aprovecharon un descuido de los demás para alejarse y buscar las plantas. Encontraron dos o tres duraznos sin fruta, un peral apestado y un ciruelo cargado de minúsculas ciruelas rojas. A la noche estaban un poco enfermos.

También Gauna y Clara, Larsen y la Turquita se alejaron de la gente. Caminando entre la maleza, bajo los árboles, llegaron al arroyo. Gauna y Clara se sentaron en la rama de un aguaribay que crecía en la barranca; la rama era baja y se extendía sobre el agua. Clara le mostraba todas las cosas a Gauna: la puesta del sol, las tonalidades del verde, las flores silvestres. El muchacho dijo:

—Es como si hubiera sido ciego. Me enseñás a ver.

A lo lejos, Larsen y la Turquita se divertían arrojando al arroyo pedazos de tosca, de manera que rebotaran una o dos veces en la superficie del agua.

Cuando volvieron tenían sed. Chorén buscó un cacharro, dio dos o tres golpes de bomba, después llenó el cacharro y se los ofreció. Ferrari se acercó a beber.

—Amarga —comentó.

—Amarga —reconoció alegremente Chorén—. La gente dice que es remedio y se costea de lejos a tomarla. Vaya usted a saber. Yo tengo úlceras y el doctor porfía que es el agua.

Cuando se quedaron solos, Ferrari dijo:

—Ojalá que me las agarre pronto, a las úlceras. Por lo menos voy a estar entretenido.

Y se acarició, meditativamente, la suela de un zapato.

—Usted es difícil de contentar —opinó la Turquita.

A la tarde tomaron el mate en tazones enlozados, con galleta. Ferrari no la comió; la encontró demasiado dura y con gusto salado, a tierra. A la noche comieron puchero de oveja. Ferrari sentenció:

—El que se salva de la úlcera cae con la peste.

Clara le pidió a Gauna que no bebiera vino.

—Un vaso —reclamó el muchacho—. Un vaso para tapar el gusto de la grasa de oveja.

Después del primer vaso siguieron otros. En el dormitorio, en una cama, durmieron las dos señoras y en un catre, Clara y la Turquita. Los chicos durmieron sobre montones de paja y los hombres también, pero en el cuarto vacío. Ferrari dijo que se iba al camión, pero al rato volvió. A Chorén no lo vieron; según algunos dormía en la cocina, según otros, afuera, debajo de un sulky.

Al día siguiente, para el almuerzo y para la cena, tuvieron puchero de oveja. Lambruschini contestó:

—Este hombre nunca ha comido otra cosa.

—Apostaría que nunca ha visto un garbanzo —dijo la Turquita.

—Si ve una milanesa —opinó Ferrari—, una milanesa con limón… cambia de vereda.

—Nunca ha visto una vereda —aseguró Clara.

Después las señoras, que lo ayudaban en la cocina, lo persuadieron a que introdujera cambios en el menú. En cuanto a la última noche la celebrarían con un asado.

A la tarde, cuando salieron a caminar, Gauna le dijo a la muchacha:

—Todo el tiempo nos hemos reído de las incomodidades, sin entender que eran los días más felices de nuestra vida.

—Sí, lo entendimos —respondió Clara.

Caminaban enternecidos, casi tristes. Clara lo detenía para que oliera el trébol, o el olor más agrio, de una florcita amarilla. Con alegría de referirlos, recordaban los incidentes del viaje y de esos días, como si hubieran ocurrido hace mucho tiempo. Clara describía emocionada el amanecer en el campo: era como si el mundo se hubiera llenado de lagunas y de cavernas transparentes. Cuando llegaron a la casa estaban cansados. Se habían querido mucho esa tarde.

Les pareció que la señora de Lambruschini los miraba con una expresión extraña. En un momento en que se quedaron los tres solos, la señora le dijo a Clara:

—Tenés suerte, mi hija, de casarte con Emilio. A lo que yo sé, hasta ahora los buenos partidos eran hombres viejos.

Gauna se emocionó, tuvo vergüenza de emocionarse, y pensó que esas palabras debían despertar en él deseos de huir. Sentía una infinita ternura por la muchacha.

Tramaron, para esa noche, una escapada. Cuando todos durmieran, debían levantarse, salir silenciosamente y encontrarse detrás de la casa. Gauna tuvo la impresión de que lo vieron salir; no estaba muy seguro de que le importara que lo hubieran visto. Clara lo esperaba, con los perros; le dijo:

—Por suerte, yo salí antes. Vos no hubieras conseguido que los perros no ladraran.

—Es verdad —dijo Gauna, admirativamente.

Bajaron hasta el arroyo. Gauna caminaba adelante y apartaba las ramas, para que ella pasara. Después se desnudaron y se bañaron. La tuvo entre los brazos, en el agua. Radiante a la luz de la luna, dócil al amor, Clara le pareció casi mágica en belleza y en ternura, infinitamente querible. Esa noche se quisieron bajo los sauces, azorándose con una chicharra o con un lejano mugido, sintiendo que la exaltación de sus almas era compartida por el campo entero. Cuando regresaron a la casa, Clara cortó un jazmín y se lo dio. Gauna tuvo ese jazmín hasta hace poco.

XXVI

Las muchachas debían ser rubias, con algo estatuario en el porte, que recordara la República o la Libertad, con la piel dorada y con los ojos grises o, por lo menos, azules. Clara era delgada, morocha, con esa frente prominente que él aborrecía. Desde el principio la quiso. Olvidó la aventura de los lagos, olvidó a los muchachos y al doctor, olvidó al fútbol y, en cuanto a las carreras, un vínculo de gratitud lo obligó a seguir, de sábado a lunes, por unas pocas semanas, el destino del caballo Meteórico, destino, por lo demás, tan efímero como los arcanos fulgores que le dieron el nombre. No perdió el empleo, porque Lambruschini era persona buena y tolerante y no perdió la amistad de Larsen, porque la amistad es una noble y humilde cenicienta, acostumbrada a las privaciones. A través de una larga paciencia, de mucha humillación y habilidad, se dedicó a enamorar a Clara y a volverse odioso para casi todas las personas que debían tratarlo. Clara, al principio, lo había hecho sufrir y había tenido con él una sinceridad que tal vez fuera peor que las mentiras; al obrar así no fue deliberadamente perversa; fue, sin duda, candorosa y, como siempre, leal. Todo llega a saberse, y Larsen y los muchachos se preguntaban por qué Gauna aguantaba tanto. Clara entonces era una muchacha prestigiosa en el barrio —su imagen ulterior, de compañera abnegada y sumisa, tiende a borrar de nuestra memoria esa notable circunstancia— y acaso, como pensó alguien, no fuera mucho más cuantioso el sentimiento genuino, en esa pasión de Gauna, que la vanidad; pero como esto no puede hoy averiguarse y como se trata, al fin y al cabo, de una duda cínica y maliciosa, que podría, con igual derecho, interrogar todos los amores, es tal vez preferible recordar, por ser más significativa, la frase que una noche Gauna dijo a Larsen: «La enamoré para poder olvidarla». (Larsen, tan crédulo siempre con su amigo, en esta oportunidad lo creyó insincero). Después de aquella incomprensible locura con Baumgarten, la muchacha se enamoró de Gauna y, como decía la gente, asentó cabeza. Hasta se alejó de sus amigos de la compañía Eleo; intervino en la representación única y, según se afirmó, consagratoria, de *La dama del mar* (representación a la que Gauna, reprimido por el amor propio, aunque empujado por los celos, se abstuvo de asistir) y no volvió a verlos. La Turquita contó que, desde el paseo al campo, Clara quiso a Gauna con verdadera pasión.

Los días de Gauna —el trabajo y Clara— pasaban con rapidez. En su mundo, secreto como las galerías de una mina abandonada, los enamorados perciben las diferencias y los matices de horas en que nada ocurre, salvo protestas de amor y alabanzas mutuas; pero, en definitiva, una tarde caminando del brazo de siete a ocho se parece a otra tarde caminando del brazo de siete a ocho y un domingo caminando por el parque Saavedra y viendo cine de cinco a ocho se parece a otro domingo caminando por el parque Saavedra y viendo cine de cinco a ocho. Todos estos días, tan parecidos entre sí, pasaron prontamente.

Por aquel tiempo Larsen y otros amigos le oyeron decir a Gauna que le gustaría irse a trabajar en un buque, o a las cosechas de Santa Fe o a La Pampa. De tarde en tarde pensaba en estas fugas imaginarias, pero otras veces las olvidaba y hasta hubiera negado que, en alguna ocasión, las proyectase. Gauna se preguntaba si un hombre podía estar enamorado de una mujer y anhelar, con desesperado y secreto empeño, verse libre de ella. Si conjeturaba que le pasaba algo malo a Clara —que por algún motivo podía sufrir o enfermarse—, su dura indiferencia de muchacho desaparecía y sentía ganas de llorar. Si conjeturaba que podía abandonarlo o querer a otro, sentía malestar físico, y odio. Para verla y para estar con ella desplegaba incansable diligencia.

XXVII

Era un domingo a la tarde. Gauna estaba solo en la pieza, fumando, echado de espaldas en la cama, con las piernas cruzadas en alto, con los pies sin medias, en chancletas. Clara se había quedado en su casa, para acompañar a don Serafín, que estaba «atrasado de salud». A las siete, Gauna iría a visitarla.

Habían resuelto casarse. Entre los dos llegaron a la resolución, involuntariamente, inevitablemente, sin que ninguno la sugiriera.

Larsen volvió. Había ido a la panadería a buscar la factura para el mate.

—Sólo conseguí pancitos criollos. ¡Qué barbaridad, lo que la gente consume de factura y de pan! —exclamó abriendo el envoltorio y mostrando el contenido a Gauna, que apenas lo miró—. Estoy por proponerte que nos hagamos panaderos.

No sin envidia Gauna pensó que su amigo vivía en un mundo simple. Siguió pensando: Larsen era, efectivamente, muy llano, pero en su carácter asomaba alguna terquedad. No podían hablar de la muchacha (o, por lo menos, no podían hablar cómodamente). Antes del paseo al campo, porque Larsen desconfiaba de ella y porque, era evidente, desaprobaba la pasión que había convertido la vida de Clara y de Gauna en un secreto y, al mismo tiempo, en un espectáculo público; desaprobaba esa pasión y toda pasión. Después del paseo, porque había conocido a Clara y hubiera condenado cualquier deslealtad de Gauna y sus deseos de huir le hubieran parecido incomprensibles. Acaso en Larsen había una amistad y un respeto por Clara que él no podría sentir por ninguna mujer. Acaso en la sencillez de su amigo había delicadezas que él no entendía.

Si no podían hablar de ese tema, recapacitó, no toda la culpa era de Larsen. Éste más de una vez había empezado a hablar, pero él siempre cambiaba de conversación. Cualquier discusión sobre la muchacha le desagradaba y, casi, lo ofendía. Con Ferrari, de quien se había hecho bastante amigo, solían comentar, enfática y anecdóticamente, la calamidad que eran las mujeres. Por cierto que esos vituperios contra las mujeres en general eran, en lo que respecta a Gauna, contra Clara en particular. Así no le importaba discutirla.

—Pucha que sos cómodo —lo recriminó afectuosamente Larsen, mientras sacaba del ropero la yerbera—. Si no estás atado a la cama podrías tostar un poco esos pancitos.

Gauna no contestó. Pensaba que si alguien había insinuado la conveniencia del matrimonio, indudablemente no era Clara, ni el padre de Clara. «Hay que reconocer que lo más probable», se dijo, «es que sea yo mismo». Tal vez en algún momento, estando con ella, en un impulso de ternura, de un modo confuso había deseado casarse, y, en el acto, había propuesto el matrimonio, para no negarle nada, para no reservarse nada para sí. Pero ahora no podía saberlo. Cuando estaba con ella estaba tan lejos de cuando estaba solo… Cuando estaba con ella los pensamientos que había tenido cuando estaba solo le parecían fingidos y lo impacientaban como si alguien le atribuyera sentimientos ajenos. Ahora, que estaba solo, creía saber que no debía casarse; dentro de un rato, cuando la viera, el invariable futuro en el taller de Lambruschini y, peor aún, en su casa propia, no importaría, no existiría. Su único anhelo sería prolongar ese momento en que estaban juntos.

Gauna se levantó, sacó del ropero un tenedor de estaño, con todos los dientes ladeados, clavó un pancito y lo puso en la llama del calentador.

—Ves —dijo poniendo un segundo pancito—, si los hubiera tostado antes, ya estarían fríos.

—Tein razón —dijo Larsen y le pasó el mate.

—¿Qué vas a hacer? —preguntó Gauna con dificultad y con tristeza—. ¿Qué vas a hacer cuando yo me vaya? ¿Vas a quedarte aquí o vas a mudarte?

—¿Y por qué te vas a ir? —preguntó sorprendido Larsen. Gauna le recordó:

—Pero, viejo, el casamiento.

—Es cierto —reconoció Larsen—. No había pensado.

Gauna sintió un súbito enojo contra Clara. Por su culpa, algo en su vida se moría y, lo que era peor, también en la de Larsen. Desde hacía muchos años vivían juntos y esa vida era una tranquila costumbre para los dos; parecía mal que uno la rompiera.

—Me quedaré aquí —dijo Larsen, todavía perplejo—. Aunque sea un poco cara, prefiero quedarme con esta pieza a salir a buscar otra.

—Si yo fuera vos haría lo mismo —declaró Gauna.

Larsen volvió a cebar. Después dijo apresuradamente:

—Mirá que soy bruto. A lo mejor ustedes la quieren. No había pensado…

La palabra «ustedes» aumentó el encono de Gauna contra la muchacha. Contestó:

—No, de ninguna manera te sacaría la pieza. Además, sería chica para nosotros.

Decir «nosotros» también lo enconó. Siguió hablando:

—Voy a extrañar la vida de soltero. Las mujeres le cortan a uno las alas, si me entendés. Con sus cuidados, lo vuelven prudente y hasta medio feminista, como decía el alemán del gimnasio. A los pocos años estaré más domesticado que el gato de la panadera.

—Dejate de pavadas —le contestó sinceramente Larsen—. Clara no es linda: es lindísima y vale más que yo, que vos, que la panadera y que el gato. Decime una cosa, ¿por qué no te dejás de embromar?

XXVIII

Poco antes del crepúsculo de esa misma tarde, cuando Gauna se disponía a salir, cayó un aguacero. El muchacho se quedó en el zaguán hasta que cesó la lluvia y entonces vio cómo los habituales colores de su barrio, el verde de los árboles, claro en el eucalipto que se estremecía en los fondos del baldío y más oscuro en los paraísos de la vereda, el pardo y el gris de las puertas y de las ventanas, el blanco de las casas, el ocre de la mercería de la esquina, el rojo de los cartelones que todavía anunciaban el fracasado loteo de los terrenos, el azul del vidrio en la insignia de enfrente, emprendían una incontenible y conjugada vivificación, como si les llegara, desde la profundidad de la tierra, una exaltación pánica. Gauna, habitualmente poco observador, notó el hecho y se dijo que debía contárselo a Clara. Es notable cómo una mujer querida puede educarnos, por un tiempo.

Las calles habían juntado mucha agua y en algunas esquinas la gente cruzaba por pasaderas giratorias. En la avenida Del Tejar se encontró con Pegoraro. Éste, tocándolo, como para convencerse de que Gauna no era un fantasma, y palmeándolo y abrazándolo, exclamó:

—Pero, hermano, ¿de dónde salís que ni se te veía la cabeza?

Gauna contestó vagamente y procuró continuar su camino. Pegoraro lo acompañó.

—Mirá que hace tiempo que no vas al club —comentó, deteniéndolo, abriendo los brazos hacia abajo, mostrando las palmas.

—Hace tiempo —reconoció Gauna.

Se preguntó cómo haría para librarse de Pegoraro, antes de llegar a la casa del Brujo. No quería que supiera que iba allí.

—Si ves el nuevo equipo te acordás de los buenos tiempos y decís que no hay como el fútbol. El club está desconocido. Nunca tuvimos, te lo juro por mi mama que me dio esta medallita, una línea delantera comparable. ¿Lo viste a Potenzone?

—No.

—Entonces no hables de fútbol. Tenés que cerrar esa boca, en pocas palabras, callarte. Potenzone es el nuevo centro-forward. Un mago con la ball, puro firulete y fioritura, pero cuando llega frente al arco, el hombre pierde empuje, carece de fibra y el tanto más seguro queda en nada, si me entendés. Y a Perrone, ¿tampoco lo viste?

—Tampoco.

—Pero, che, ¿vos qué haces? Te perdés lo mejor de la vida. Perrone es el wing más rápido que hemos tenido. Un caso diferente. Corre como una flecha, llega a la zona del arco, medio parece que se confunde, tira afuera. Y a Negrone, ¿lo viste?

—Ése en mis tiempos ya era medio veterano.

Mientras Pegoraro, haciendo oídos sordos, explicaba los defectos de este jugador, Gauna pensaba que algún domingo debería inventar una buena excusa y volver al club. Nostálgico, recordó los tiempos en que no faltaba a ningún partido.

Pegoraro le preguntó:

—¿Ahora dónde vas?

Gauna supuso que la muchacha estaría esperándolo en la puerta de calle y advirtió que no le molestaba que Pegoraro supiera adónde iba. Recordó lo que Larsen había dicho sobre Clara y sonrió satisfecho.

—A casa de Taboada —contestó.

Pegoraro volvió a detenerlo, a abrir los brazos hacia abajo, mostrando las palmas. Ladeó la cabeza y preguntó:

—¿Sabés que ese hombre es brujo de veras? ¿Te acordás de la tarde que fuimos a visitarlo? Bueno. ¿Te acordás que yo tenía las piernas recubiertas de forúnculos? Bueno. El individuo masculló dos o tres palabras que ni le oí, dibujó unos garabatos en el aire y al otro día, ni un granito. Te lo juro por la medalla. Eso sí, yo no se lo dije a nadie, no fueran a pensar que me engañan con brujerías.

Clara estaba esperándolo en la puerta. De lejos no le pareció muy linda. Recordó que al principio, cuando se encontraban en la calle o en otros lugares públicos, se complacía pensando en la envidiosa aprobación con que la gente lo vería tomarla del brazo. Ahora ni siquiera estaba seguro de que fuera linda. Se despidió de Pegoraro. Éste le dijo:

—A ver cuándo vas por el club.

—Pronto, gordo. Te lo prometo.

Hasta que Pegoraro se fue, Gauna no atravesó la calle. La muchacha se adelantó para recibirlo y le dio un beso. Cerró la puerta, después apretó el botón de la luz y entraron en el ascensor.

—¿Qué me decís de la lluvia? —comentó Clara, mientras subían.

—Muy fuerte.

Recordó su intención de hablar de la vehemencia de colores y de la luz que hubo después del aguacero, pero sintió un súbito enojo y calló. Entraron en la salita.

—¿Qué te pasa? —preguntó Clara.

—Nada.

—¿Cómo nada? Decime qué te pasa.

Había que encontrar una explicación. Gauna preguntó:

—¿Siempre lo ves a Baumgarten?

Para ocultar la vacilación habló con voz demasiado alta. Clara le hizo señas de que iban a oírlo. Esa demora en la contestación lo exasperó.

—Contestame —insistió con despecho.

—Nunca lo veo —aseguró Clara.

—Pero pensás en él.

—Nunca.

—Entonces ¿por qué saliste esa tarde?

La arrinconó contra el diván, la asedió con pedidos de explicaciones. Clara no lo miraba.

—¿Por qué? ¿Por qué? —insistía él.

Clara lo miró en los ojos.

—Estabas volviéndome loca —dijo.

Con alguna inseguridad, Gauna preguntó:

—¿Y ahora?

—Ahora no.

Calló, pacífica y sonriente. Gauna la recostó en el diván, se reclinó a su lado. Pensó: «Es un animalito, un pobre animalito». La besó con ternura. Pensó: «De cerca es linda». La besó en la frente, en los párpados, en la boca.

—Vamos a ver a tu padre —dijo después Gauna.

Clara seguía echada, no abría los ojos; por fin se levantó, muy despacio y fue hasta un espejo, se miró sonriendo vagamente. «¡Qué cara!», exclamó y sacudió la cabeza. Se arregló un poco, le asentó un mechón a Gauna, le ajustó la corbata, lo tomó de la mano, golpeó a la puerta del cuarto de su padre.

—Adelante —contestó la voz de Taboada.

El Brujo estaba en la cama, con un camisón muy abierto sobre el pecho y tan amplio que, tal vez, por contraste, él parecía notablemente menudo y flaco. Sus grandes ondas grises despejaban la frente alta y estrecha, y caían hacia atrás con noble descuido. La blancura de las sábanas era impecable.

—Qué me decís de la lluvia —comentó mientras aplastaba un cigarrillo contra el cenicero de la mesa de luz.

—Muy fuerte —reconoció Gauna.

Tenía el cuarto esa mezcla de indiferencia y de pretensión, esa desapacible y muy pobre heterogeneidad, determinada, acaso, por la falta de estilo, y esa desnudez, imperfecta pero áspera, que no son infrecuentes dentro y fuera de las casas de la Argentina, en el campo y en las ciudades. La cama de Taboada era angosta, de hierro, pintada de blanco y la mesa de luz, también blanca, era de madera, muy simple; había tres sillas de Viena y, contra una pared, un pequeño sofá, con brazo en un extremo, tapizado en cretona (cuando Clara tenía cuatro o cinco años, estaba tapizado en clin); en una mesa rinconera se adivinaba el teléfono, dentro de una muñeca de trapo, que representaba una negra (hay gallinas, parecidas, que se usan de cubreteteras); sobre una cómoda moderna, de cedro, con manijas negras y brillosas, había una flor que era rosada cuando hacía buen tiempo y azul cuando iba a llover, una caja, de caracoles y de nácar, con la inscripción RECUERDO DE MAR DEL PLATA, una fotografía, en marco de terciopelo, con mostacilla, de los padres de Taboada (personas antiguas, más toscas, sin duda, que Taboada, pero mucho menos que los antepasados de todos sus vecinos) y un ejemplar, encuadernado en cuero repujado, de *Los simuladores del talento en la lucha por la vida*, de José Ingenieros.

—Todo eso —explicó Taboada, notando la curiosidad con que Gauna miraba los objetos de la cómoda— me lo ha traído Clara. La pobre me va a echar a perder con tanto regalo.

La muchacha salió del cuarto.

—¿Cómo anda la salud, don Serafín? —preguntó Gauna.

—No anda mal —respondió Taboada; luego añadió sonriendo—: Pero esta vez Clara se asustó. No deja que me levante de la cama.

—¿Y qué más quiere? Descansa. Mientras los demás trabajan usted se la pasa leyendo el diario y fumando, echado en la otomana.

—En el banco de la paciencia, querrás decir; pero eso no es nada. ¿A que no sabés lo que hizo? —inquirió Taboada riéndose—. Esa muchacha va a hundirme. No se lo digas a nadie: trajo un médico, me obligó a recibirlo.

Gauna lo miró con interés y habló seriamente:

—Lo mejor es cuidarse. ¿Qué le dijo el médico?

—Cuando se quedó solo conmigo, me dijo que no debo pasar el invierno en Buenos Aires. Pero de esto, ni una palabra a Clarita. No quiero tutores ni metidas que resuelvan lo que debo hacer.

—¿Y usted qué resuelve?

—No hacerle caso, quedarme en Buenos Aires, donde he pasado toda mi vida, y no andar como pan que no se vende por las sierras de Córdoba, aprendiendo a hablar con tonada.

—Pero don Serafín —insistió obsequiosamente Gauna—, si es por la salud.

—No, che, dejate de moler. Ya he cambiado, o creí cambiar, destinos ajenos. Que el mío siga solo y como quiera.

Gauna no pudo insistir, porque Clara había regresado. Traía una bandeja y les sirvió café. Hablaron del casamiento.

—Tendré que invitar al doctor Valerga y a los muchachos —insinuó Gauna.

Como siempre, Taboada replicó:

—¿Doctor en qué, haceme el favor? En asustar a los chicos y a los faltos.

—Como usted quiera —contestó Gauna, sin enojarse—, pero voy a tener que invitarlo.

Taboada le dijo con una voz muy suave:

—Lo mejor que podés hacer, Emilito, es cortar con toda esa gente.

—Cuando estoy con usted, pienso como usted, pero son mis amigos…

—No siempre uno puede ser leal. Nuestro pasado, por lo común, es una vergüenza, y no puede uno ser leal con el pasado a costa de ser desleal con el presente. Quiero decirte que no hay peor calamidad que un hombre que no escucha su propio juicio.

Gauna no contestó. Pensó que había alguna verdad en las palabras de Taboada y, sobre todo, que a éste no le faltarían argumentos para abochornarlo si él intentaba discutir. Pero estaba seguro de que la lealtad era una de las virtudes más importantes y hasta sospechó, recordando la confusión de las frases que acababa de oír, que Taboada era de la misma opinión.

—A mí lo que siempre me apartó del casamiento —confesó Taboada, como pensando en voz alta— es la bulla.

Clara sugirió:

—Podríamos casarnos sin invitaciones ni fiesta.

—Yo creía que lo principal, para las muchachas, era el vestuario de novia —afirmó Gauna.

Taboada encendió un nuevo cigarrillo. Su hija se lo sacó de la boca y lo aplastó contra el cenicero.

—Por hoy has fumado bastante —dijo.

—Vea la mocosa —comentó con indiferencia Taboada.

Gauna miró la hora y se levantó.

—¿No vas a acompañarnos a comer, Emilio? —preguntó el Brujo.

Gauna aseguró que Larsen lo esperaba. Se despidió.

—Quería pedirles un favor, a los dos —declaró Taboada mientras acomodaba el almohadón, para sentarse mejor en la cama—. Cuando salgan juntos córranse hasta la calle Guayra y tengan a bien de dar una revisada a mi casita. Es un sucucho de pocas pretensiones, pero me parece que para gente de trabajo no está mal. Es mi regalo de bodas.

Cuando estuvo solo, Gauna pensó que dejar a su padre sería para Clara más doloroso que para él dejar a Larsen. Brujo y todo, Taboada le pareció digno de compasión y encontró que sacarle la hija era mucha crueldad. Clara debía de sentir eso; nunca, sin embargo, se lo había dicho. Incrédulamente, Gauna se preguntó si Clara sentiría por él ese resentimiento que él sentía por ella.

XXIX

Estuvieron tan ocupados en instalarse, que el hecho mismo del casamiento —ceremonia de la que fueron testigos don Serafín Taboada y don Pedro Larsen— perdió para los protagonistas su prestigio y se confundió con los demás quehaceres y molestias de un día muy atareado. Taboada y Larsen no compartieron esa indiferencia.

Como lo había anunciado, Taboada les regaló la casa de la calle Guayra, que era su única propiedad. Gauna se hizo cargo de la hipoteca, de la que sólo quedaban por pagar contados servicios. Cuando Gauna y Clara dijeron que no podían aceptar un regalo tan importante, Taboada aseguró que las ganancias del consultorio le bastaban para su vida poco rumbosa.

A pesar de que no hubo invitaciones, recibieron regalos de Lambruschini, de los compañeros del taller, de la Turquita y de Larsen. Este último debió de quedar medio arruinado, porque les regaló el juego de comedor. Blastein, el director de la compañía Eleo, les mandó una coctelera de metal blanco, que Gauna perdió en la mudanza. Todo el barrio sabía que se habían casado; sin embargo, la manera silenciosa en que lo hicieron les valió algunas calumnias.

Pidió licencia en el taller y durante quince días trabajaron mucho en la casa. Gauna estaba tan interesado que no se acordó del problema de su libertad perdida; hipotecas, distribución de muebles, blanqueos impermeabilizadores, esteras, repisas, calefones, la corriente eléctrica y el gas ocupaban toda su atención. Con particular esmero construyó una pequeña biblioteca para los libros de Clara, que era muy lectora.

En el dormitorio pusieron la cama de dos plazas; cuando él propuso que compraran un catre, por si alguna vez uno se enfermaba, Clara contestó que no tenían por qué enfermarse.

Muy de tarde en tarde iba al Platense; lo hacía para que no pensaran que se había enojado o que los despreciaba o que Clara lo tenía prisionero. La primera tarde que se reunieron en casa de Valerga, Antúnez, para hacerle pasar un mal rato, preguntó:

—¿Saben que nuestro amiguito aquí presente ha contraído enlace?

—¿Y se puede saber quién es la agraciada? —inquirió el doctor.

Gauna pensó que esa ignorancia debía de ser fingida y que el trance no se presentaba bien.

—Con la hija del Brujo —informó Pegoraro.

—No conozco a la niña —declaró con seriedad el doctor—. Al padre, sí. Un hombre de valía.

Gauna lo miró con afecto casi piadoso, recordando el invariable desdén con que Taboada hablaba de él. Al mismo tiempo, con un principio de alarma, creyó comprender que ese desdén era justo. Para alejar estas ideas, siguió hablando. Explicó:

—Nos casamos privadamente.

—Como si tuvieran vergüenza —comentó Antúnez.

—No me parece atinada la observación —dijo el doctor, mirando formidablemente a Antúnez y omitiendo, en la última palabra, la letra «b»—. Hay gente que gusta de la bullanga y gente que no. Yo me casé como Gauna, sin toldo colorado ni tanto zonzo mirando —buscó la mirada a todos los circunstantes—. ¿Tienen algo que objetar?

Por cierto que ninguna «b» entorpeció el verbo.

De la aventura de los lagos, Gauna casi no se acordaba; pero una noche, a través de un insomnio, llegó a ese misterio y, con absurda exaltación, juró aclararlo algún día y luego juró no olvidar la resolución. Estaba seguro de que si una vez esperaba la madrugada en el bosque de Palermo, el lugar le revelaría algo. Además, debía interrogar nuevamente a Santiago. ¡Pensar que el Mudo tal vez conocía la verdad! Tendría que recorrer los cafetines y, si era necesario, juntar valor y, con traje de etiqueta alquilado, presentarse en el Armenonville. Acaso alguna señorita bailarina, si él le pagaba la copa, diría lo que había visto o lo que le habían contado.

Esa misma noche recordó también su proyectada pelea con Baumgarten. Él sabía que una fortuita trama de circunstancias había postergado y finalmente, impedido, la pelea; pero sabía también que la gente, si hubiera estado informada de lo esencial del asunto, habría pensado que él era cobarde. No estaba seguro de que ese juicio fuera erróneo.

XXX

Como el dinero escaseaba en aquellos años, el servicio de la hipoteca llegó a ser bastante duro y tuvieron que pasar algunas privaciones. Sin embargo, eran felices. En cuanto salía del taller, Gauna volvía a su casa; los sábados dormían la siesta y después iban al cinematógrafo; los domingos, Lambruschini y la señora los llevaban en el Lancia a Santa Catalina o al Tigre. Los cuatro fueron también a ver las carreras de automóviles, en la pista de San Martín, y las señoras fingieron interesarse. Alguna vez llegaron a La Plata, donde recorrieron, distraídos, el Museo de Ciencias Naturales; de regreso, en un tomo del *Tesoro de la Juventud* que les prestó un señor que era dentista, conocieron, con espanto, los animales antediluvianos, en cuadros que suponían tomados del natural. En compañía de Larsen, en verano, se bañaron en la playa de La Balandra y, ante las regulares olas del río, hablaron de países lejanos y de viajes imaginarios. Hablaron asimismo de un viaje factible: volver a visitar a Chorén, al borde del arroyo Las Flores; pero este proyecto nunca llegaría a cumplirse. Clara y Gauna no perdían la esperanza de reunir el dinero suficiente para comprar un Ford T y poder pasear solos.

A la salida del taller, algunas tardes Gauna iba a casa del Brujo. Allí lo esperaba Clara; también solía estar Larsen. A veces, cuando los veía reunidos, Gauna pensaba que esos tres formaban una familia y que él era un extraño. En seguida se avergonzaba del pensamiento.

Una tarde conversaron sobre el coraje. Gauna oyó con asombro —y no sin protestar— que él, según Taboada, era más valiente que Larsen. Este último parecía admitir esa afirmación, como algo indiscutible. Gauna dijo que su amigo siempre estaba listo a enfrentar a cualquiera en una pelea y que él, y que él, y que él... iba a añadir algo, con veracidad y con candor, pero no lo escucharon. Taboada explicaba:

—Ese valor, de que habla Gauna, carece de importancia. Lo que un hombre debe tener es una suerte de generosidad filosófica, un cierto fatalismo, que le permita estar siempre dispuesto, como un caballero, a perder todo en cualquier momento.

Gauna lo escuchaba con admiración y con incredulidad.

Por aquel tiempo Taboada les enseñó («para ensanchar esas frentes angostas») un poco de álgebra, un poco de astronomía, un poco de botánica. Clara estudiaba también; su inteligencia era tal vez más dúctil que la de Gauna y que la de Larsen.

—Qué sorpresa tendrían los muchachos —exclamó una vez Gauna— si supieran que me paso la tarde estudiando una rosa.

Taboada comentó:

—Tu destino ha cambiado. Hace dos años estabas en pleno proceso de convertirte en el doctor Valerga. Clara te salvó.

—En parte Clara —reconoció Gauna— y en parte usted.

Al empezar el invierno del 29, Lambruschini le propuso que «pasara a la calidad de socio». Gauna aceptó. El momento parecía bueno para ganar plata; nadie compraba automóviles nuevos; los viejos se descomponen y, como sentenciaba Ferrari, «todo bicho que camina va a parar al tallercito». Pero la «crisis» fue tan dura que la gente prefirió abandonar los automóviles a llevarlos al taller. Nada de esto comprometió su dicha.

Le habían asegurado que las personas que viven juntas llegan a mirarse, primero, con desdén, y después con encono. Él creía tener infinitas reservas de necesidad de Clara; de necesidad de conocer a Clara; de necesidad de acercarse a Clara. Cuanto más estaba con ella, más la quería. Al recordar sus antiguos temores de perder la libertad, se avergonzaba; le parecían pedanterías ingenuas y aborrecibles.

XXXI

Era un domingo de invierno, a la hora de la siesta. Echado en la cama, envuelto en ponchos, extendido en medio de la caótica dispersión de secciones ilustradas de los diarios, Gauna miraba distraídamente el delicado dibujo de las sombras que se reflejaban en el techo. Estaba solo en la casa. Clara, que había ido a ver a su padre, regresaría a las cinco, a tiempo para llegar al cinematógrafo. Antes de irse le había recomendado que saliera a tomar sol a la plaza Juan Bautista Alberdi. Por ahora, su única salida había sido hasta la cocinita, para calentar el agua para el mate. De nuevo en la cama, sacaba un brazo, cebaba rápidamente, daba dos o tres chupadas, mordía la corteza de un pan francés (Larsen le había dicho que matear sin comer nada provocaba dolores de estómago), dejaba el mate y el pan en la silla que hacía las veces de mesa de luz, volvía a taparse. Pensaba que si pudiera alcanzar el sombrero —estaba sobre una mesa de mimbre, cerca de la puerta— sin levantarse de la cama, se lo pondría. El ala, pensó, molestaría en la nuca. Los antiguos tenían razón. Haber dejado el gorro de dormir era toda una injusticia con la cabeza. Le dieron lástima las orejas y la nariz, y, cuando estaba pensando en añadir las correspondientes orejeras y naricera, llamaron a la puerta.

Gauna se levantó protestando; temblando de frío, pisando las puntas de los ponchos en que se arropaba, llegó, como pudo, hasta la puerta; abrió.

—A ver si se mueve —le dijo la señora que cocinaba para el carpintero—. Lo llaman por teléfono.

Gris y baja como una rata, la señora huyó en seguida. Gauna, muy alarmado, se arregló un poco y todavía a medio vestir corrió a la casa del carpintero. Con voz extraña, Clara le dijo que su padre no estaba del todo bien.

—Voy para allá —contestó Gauna.

—No, no es necesario —aseguró Clara—. No tiene nada de cuidado, pero prefiero no dejarlo solo.

Le pidió que saliera a distraerse un poco; se pasaba la semana trabajando en ese taller tan frío; necesitaba descansar; lo encontraba flaco, nervioso. Le preguntó si había tomado sol en la plaza y, antes de que Gauna mintiera, le propuso que fuera al cine por los dos. A todo Gauna decía que sí; Clara continuó: que la buscara a eso de las ocho, que para comer se arreglarían con cualquier cosa, tal vez abrirían una de esas latas de conservas que nunca se resolvían a probar.

Cuando Gauna volvía a la casa, después de agradecer la atención al carpintero (que no contestó, que ni siquiera levantó la cabeza), comprendió que la esperada oportunidad había llegado. Esa misma tarde emprendería una nueva investigación de la aventura de los lagos, del misterio de la tercera noche. No sentía ninguna impaciencia ni tampoco ninguna incertidumbre. Pensó con agrado que la decisión, ya tomada, siempre al alcance de su mano, por así decirlo, había estado aguardando el momento oportuno y que él, para un observador ligero, habría aparecido quizá como un hombre de voluntad débil o, por lo menos, como un hombre con una muy débil voluntad de esclarecer ese particular misterio. Sin embargo no era así; ahora que había llegado la ocasión, lo demostraría.

Lo cierto es que para llevar adelante planes tan vagos como los suyos hubiera sido una majadería decirle un sábado o un domingo a Clara: «Hoy no salimos juntos». O salir una noche y darle quién sabe qué ideas. Y si al fin hubiera tenido que explicar las cosas (porque mire que las mujeres son insistentes) quedaría como un embustero o como un loco.

Llevó a la cocina los utensilios del mate y, cuando ya iba a tirar a la pileta la yerba usada, volvió a servir agua y probó; en seguida escupió con disgusto; limpió el mate y guardó todo en la alacena.

Aunque tenía camiseta de lana, se puso la tricota que Clara le había tejido (siempre se había manifestado francamente reacio a las tricotas y el color de ésa, en particular, le parecía demasiado vistoso y casi fantástico para ser llevado por un hombre, pero la pobre Clara se entristecía si él le desairaba el regalo y ese día, qué diablos, el frío apretaba). Se abrigó cuanto pudo; si no llevó el sobretodo fue porque nunca le había llegado el momento de comprarlo.

Caminando enérgicamente, para combatir el frío, pero cansado y perezoso, llegó a la estación Saavedra. Tomó un boleto a Palermo y se sentó a esperar; no bien hizo esto, pensó que todavía el plan no había madurado, que tal vez él andaría cansándose como un pobre loco por los bosques de Palermo y total ¿para qué? Para nada. Más le convenía concretar previamente el plan de batalla y, mientras tanto, ver una sección de cinematógrafo con Larsen. Es verdad que ese boleto le quemaba el bolsillo, pero no se atrevía a devolverlo, porque el señor de la ventanilla era un total desconocido. Si Larsen no estuviera en su casa, pensó levantándose y caminando hacia afuera de la estación, aprovecharía el boleto. Pero ¿por qué Larsen no iba a estar en su casa?

Al volver a las calles del barrio siempre le acometía alguna nostalgia, acaso tierna, acaso malhumorada; así, distraído, entró en la casa, llegó a la puerta de su viejo cuarto. Golpeó: no contestaron. La encargada —a quien llamó a gritos, a quien ofendió con su impaciente indiferencia por el inevitable preludio de interrogaciones corteses y de saludos— le dijo que el señor Larsen acababa de salir y le cerró la puerta. Ya en la calle, Gauna vaciló un instante; no sabía si volver a la estación o presentarse en casa de Taboada. En ese momento, pedaleando en el triciclo celeste, sonriendo con toda su cara pilosa, apareció el Musel (como apodaban en el barrio al encargado de La Superiora, por alusión a su costumbre de recordar tesoneramente, con cualquier pretexto, su puerto natal); Gauna le preguntó si sabía a dónde había ido Larsen.

—No, no sé, que no sé —contestó el Musel—. Vamos, y usted ¿qué hace?, que anda solito, ¿cómo?, ¿ya se cansó de la vida de casado? No puede ser. Que no puede ser.

Se palmearon amistosamente y Gauna siguió su camino, rumbo a la estación. Estaba arrepentido de haber formulado esa pregunta al Musel. Además, pensó, ¿cómo dejar pasar la oportunidad de iniciar las investigaciones definitivas? Por más que tratara de disimulárselo a sí mismo, estaba preocupado y nervioso. Llegó a la estación a tiempo para alcanzar, de un salto, el último vagón, cuando éste salía del andén. Bajó en la avenida Vértiz, cruzó por debajo de los puentes, atravesó el Rosedal y se internó en el bosque.

XXXII

Sintió mucho frío. Entre los árboles desnudos corría el viento, y el suelo, cubierto de una podredumbre de hojas y de ramas, estaba húmedo. Gauna esperaba, o quería esperar, una súbita revelación; quería pensar en la tercera noche. Pensaba que los zapatos se le habían mojado, y que había personas, Larsen por ejemplo, que sentían dolor de garganta —un apretón de garganta, se explicó a sí mismo— en cuanto se mojaban los pies. Tragó, y advirtió un leve dolor de garganta. «Estoy distraído», se dijo. Había que reaccionar. Notó en ese momento que desde un automóvil, al que se había acercado impensadamente, una pareja lo miraba con desconfianza. Gauna se alejó, aparentando no ocuparse de ellos. Después de un rato de pasearse temblando de frío, muy consciente de sus actos y de su apariencia sospechosa o estúpida, resolvió interrumpir, por esa tarde, la investigación. Pasaría por la casa del embarcadero. A lo mejor encontraba a Santiago; a lo mejor, en una conversación con éste, progresaba más que vagando toda una tarde por la desolación del bosque; a lo mejor Santiago y el Mudo habían aprendido modales y ahora trataban a sus visitas con una copa de grapa, que siempre abriga, como dice Pegoraro, y hace que las reuniones se vuelvan más amistosas y hasta más interesantes.

Cuando llegó a la casa del lago, Santiago y el Mudo tomaban mate. Gauna pensó que esa tarde no andaba con mucha suerte, pero se resignó al mate, que por añadidura se lo ofrecieron con galletitas recubiertas de chocolate dulce. (El Mudo las sacaba de una enorme lata azul, en que metía la mano como en un pozo de la suerte). La combinación del mate amargo y esas galletitas, que al principio le desagradó, empezó a gustarle, y muy pronto sintió por todo el cuerpo, en vez del frío que le estremecía la espalda, una templada y sutil difusión de bienestar. Hablaron, fraternales, de los años en que Gauna jugaba en quinta división y en que Santiago y el Mudo eran cancheros; Santiago preguntó si era verdad que se había casado, como aseguró alguien, y lo felicitó; Gauna dijo:

—Te costará creerme, pero hay veces que todavía me pregunto qué pasó a punto fijo la noche que el Mudo me encontró en el bosque.

—Vos entraste a sospechar desde el primer momento —explicó Santiago— y ahora es inútil, nadie te saca la idea de la cabeza.

Gauna se sorprendió; siempre sorprende la opinión que los extraños tienen sobre nuestros asuntos. Pero no protestó; comprendió vagamente, suficientemente, que la verdadera explicación era, por ahora, incomunicable. Si declaraba «no busco nada malo, busco el mejor momento de mi vida, para entenderlo», Santiago lo miraría con desconfianza y con resentimiento y se preguntaría por qué Gauna trataba de engañarlo. Santiago continuó:

—Yo, si fuera vos, me olvidaba de todo ese puro disparate y me dedicaba a vivir tranquilo. Además, no sé qué decirte. Si no les sacás la verdad a tus amigos, no sé cómo vas a averiguarla.

Ya en plena simulación, Gauna continuó:

—¿Y si me equivoco? No puedo mostrar que sospecho de ellos —miró en silencio a Santiago; después agregó—: ¿No llegaste a saber nada nuevo sobre las circunstancias en que me encontró el Mudo?

—¿Nada nuevo, che? Si es un asunto viejo, que ya nadie se acuerda. Además, quién le va a sacar algo al Mudo. Miralo, está más cerrado que un tesoro marca Fisher.

El Mudo no debía de estar cerrado como decía su hermano, porque empezó a hacer ruidos con la garganta, cortos y ansiosos. Luego, en silencio, rió tanto que las lágrimas le corrían por las mejillas.

—¿Y te acordás de qué punto arrancaron para venir al bosque? —inquirió Santiago.

—Del mismo Armenonville —contestó Gauna.

—Buscate una bailarina, trabajala despacio y quién te dice que no le sacás algo.

—Ya lo he pensado, pero, mirame un poco, hacé el favor. ¿Cómo voy a presentarme con este entrazado en el Armenonville? Alquilar un traje es mucha historia y así no me deja entrar el portero, no sea que espere en el portón hasta los carnavales.

Santiago lo miró seriamente y, después de un instante, hablando despacio, preguntó:

—¿Sabés lo que te va a costar la consumición? Por lo bajo cinco pesos; te digo: por lo bajo. Vos te sentás ahí y antes que abras la boca ya están sirviéndote champagne; y en cuanto se te arrima una fulana ya podés entrarte los dedos por las orejas que están destapando una nueva botella, porque la de tu marca no le agrada a la señorita, que es muy estrecha en sus gustos. Mientras seguís repantigado tenés que hacer la cuenta que te aplican un taxímetro a la cartera y cuando quieras pedir la esponja y retirarte, más muerto que vivo, poné cuidado en repartir las propinas porque si los disgustás los mozos te sacan

143

a los empujones hasta que te pasan al portero que te da un saque y despertás en la comisaría, donde te levantan un sumario por desórdenes.

Habían acabado de tomar mate. El Mudo, siempre modesto, renovaba el cuero de un remo. Santiago se paseaba fumando una pipa y, arropado con una vasta tricota azul, caminando por su embarcadero, parecía un viejo lobo de mar. Se despidieron.

—Bueno, Emilio —habló persuasivamente Santiago—, ahora no desaparezcas para siempre.

XXXIII

Gauna atravesó los jardines y, bordeando el Zoológico, llegó a la plaza Italia. Como el frío lo obligó a caminar apresuradamente, se cansó. Esperó un rato el tranvía 38; cuando por fin apareció, estaba lleno con la gente que venía de las carreras. Gauna se trepó en la plataforma trasera; con los brazos cansados y el cuerpo yerto de frío, llegó al centro. Bajó en Leandro Alem y Corrientes. Se dijo que iba a mirar un poco los cafetines (quería decir «los cabarets») de Veinticinco de Mayo.

En la tercera noche de carnaval del año 27, antes de entrar en el teatro Cosmopolita, habían bebido en uno de esos cabarets. Ahora quería reconocerlo. Pero hacía tanto frío y estaba tan cansado que no pudo prolongar debidamente la inspección; a decir verdad, entró en el primero de esos establecimientos que encontró en su camino. El cabaret se llamaba Signor; su vestíbulo, profundo, estrecho y rojo, con llamas y diablos pintados, representaba, sin duda, la entrada del infierno o, por lo menos, de una cueva infernal; de las paredes colgaban fotografías coloreadas de mujeres con castañuelas, mantones y posturas furiosas, de bailarines de frac y galera, y de una niña con hoyuelos en la cara, sonrisa picaresca y un ojo cerrado. Adentro, dos mujeres bailaban un tango, que otra ejecutaba, con un dedo, en el piano. Una cuarta mujer miraba, acodada en una mesa. Dos lavacopas trabajaban activamente en el mostrador. Algunas mesas estaban arregladas; las demás tenían encima sillas dadas vuelta. Gauna empujó la puerta para salir.

—¿Quería algo, maestro? —preguntó uno de los lavacopas.

—Creía que estaba abierto… —explicó Gauna.

—Siéntese —le propuso el lavacopas—. No vamos a echarlo porque sea temprano. ¿Qué le sirvo?

Gauna le dio el chambergo y se sentó.

—Una grapa doble —dijo.

Pensó que tal vez fuera ahí donde habían estado aquella noche. Miró disimuladamente a las mujeres; una de las que bailaban parecía un indio pampa y la otra (según le contó después a Larsen) «tenía cara de zonza». La del piano era muy chica y muy cabezona. La que estaba acodada era una rubia con cara de oveja. Esta última se levantó con desgano; Gauna se dijo, no sin alarma, «viene»; la mujer se acercó, preguntó si no molestaba y se sentó a la mesa de Gauna. Cuando el lavacopas se acercó, la mujer le preguntó a Gauna:

—¿Me pagás la soda?

Gauna asintió. La mujer ordenó al lavacopas:

—Con bastante whisky, por favor.

Para disimular su turbación, Gauna comentó:

—A mí no me gusta el té frío.

La mujer explicó las ventajas medicinales del whisky, aseguró que lo tomaba por prescripción médica «y por puro gusto, créame», y se dilató en descripciones de las enfermedades, principalmente del estómago y del intestino, que la habían perseguido hasta adelgazarla enteramente y que ahora el doctor Reinafé Puyó, a quien había conocido una madrugada por entera casualidad, estaba tratando con whiskies y otros brebajes menos agradables para el paladar, que la dejaban toda revuelta, echada como una enfermita en la cama y con un pañuelo empapado en agua colonia en la barriga. Gauna la escuchaba impresionado. Para sus adentros reconocía (aunque fuera una vergüenza confesarlo) que su experiencia con las mujeres no era grande y que si se encontraba con una muchacha, que no era una de las zonzas del barrio, se acobardaba un poco y estaba entregado, sin voluntad. Volvieron a llenar los vasos, y Gauna pensó: «Esta mujer tiene cara conocida». (Tal vez le pareció conocida porque ese tipo de cara se da, con variantes y peculiaridades, en muchas personas). Después de que Gauna hubo bebido la tercera grapa doble, la mujer le participó que se llamaba «la Baby» (pronunció el nombre con «a» abierta) y él se atrevió a preguntar si no se habían encontrado en ese mismo lugar en un carnaval, hace dos o tres años.

—Yo estaba con unos amigos —explicó; después de una pausa añadió, cambiando de tono—: Tiene que acordarse. Con nosotros venía un señor de cierta edad, más bien corpulento y de respeto el hombre.

—No sé de qué me está hablando —respondió la Baby, con visible agitación.

Gauna insistió:

—Pero sí; tiene que acordarse.

—Qué tengo ni qué tengo. Estaría bueno. ¿Quién es usted para venir a sofocarme, justo cuando el médico me ha dicho que nada me hace tanto mal como el sofocón?

—Tranquila —dijo Gauna, sonriendo—. No me propongo venderle nada ni soy un policía en busca de un muerto. Además, no quiero que se sofoque.

La mujer pareció menos iracunda. Si se presentaba otra ocasión como la de hoy, volvería a visitar a la Baby; con tiempo, tal vez obtendría algo; zonza no era, había que reconocerlo.

Cuando ella habló, se adivinaba en su voz el consuelo y casi la conformidad:

—Prométame que va a ser buenito y que no va a insistir con las cosas feas.

Gauna miró la hora y llamó al mozo. Ya eran las ocho; no llegaría a casa del Brujo antes de las nueve. La mujer preguntó:

—¿Me vas a dejar?

—No tengo más remedio —contestó Gauna; y anticipándose a cualquier protesta, entrecerró los ojos, apuntó con un índice persuasivo o acusador y agregó en tono de convicción—: A esta carucha yo la he visto antes.

—Ya se está poniendo pesado —afirmó, sonriendo, la Baby.

Había comprendido la táctica de Gauna, le seguía la broma, pero prefería no retenerlo.

Gauna pagó sin protestar, dijo a la Baby: «Adiós, mi hijita», recogió rápidamente el sombrero y se fue. Bajó corriendo por Lavalle. En seguida tomó el tranvía. A pesar del frío, prefirió quedarse en la plataforma (el interior del coche, como el de las iglesias, era para mujeres, chicos y viejos). El guarda lo miró, pareció que iba a decirle algo; después cambió de idea y se dirigió a otras personas:

—Pasen adentro, señores, por favor.

Gauna estaba contrariado. «Qué manera de perder la tarde», se decía. En el reloj de los ingleses vio que eran las ocho y media. Quién sabe qué tenía Taboada y él paveando hasta altas horas en el bosque y después con una de esas locas de cara de oveja. Dentro de un rato, cuando llegara, ¿qué le diría a Clara? Que había salido con Larsen. Mañana temprano iría a casa de Larsen para precaverlo. ¿Y si Clara hubiera estado con Larsen? Se pasó el pañuelo por la frente y murmuró: «Qué aburrido todo». El guarda, a su lado, escuchaba a un señor que ponderaba uno de los caballos que habían corrido esa tarde en Palermo. Después el guarda decía:

—Pero amigo, ¿usted sabe con quién está discutiendo? ¡Yo he visto correr a Monserga en Maroñas!

—Si no es moderno, che, ¿por qué no se pega un tiro? —le preguntaba el señor—. El mundo camina, todo evoluciona, y usted, Álvarez, aburriendo con esos caballos que si los compara con los de ahora quedan como la tortuga.

—Óiganlo hablar de cátedra. Cuando usted se baboseaba con el chupete, yo seguía como tabla apostando a Serio en las carreras que ganaba Rico. Pero dígame, ¿quién fue el crack de la Copa de Oro? La pista estaba barrosa, no le discuto. Y si le pregunto por don Padilla, ¿qué me contesta? Vamos a ver.

Gauna pensó que tal vez encontraría a Larsen en casa de Taboada. ¿Cómo podría averiguar si habían salido a la tarde? Si descubría algo, lo que es a él no volverían a verlo. «Dios mío», murmuró, «¿cómo puedo imaginar estos disparates?». Con una mano se cubrió los ojos. Bajó del 38 en Monroe; tomó el 35 y, cuando llegó a la avenida Del Tejar, ya eran casi las nueve y media. Se preguntó si no sería demasiado tarde; si Clara no estaría ya esperándolo en la calle Guayra. Miró hacia arriba y vio que en el departamento de Taboada había luz.

XXXIV

En la puerta se cruzó con un señor que lo saludó; en el ascensor había tres desconocidos. Uno de ellos, dirigiéndose a Gauna, inquirió:

—¿Qué piso?

—Cuarto.

El señor apretó el botón. Cuando llegaron, abrió la puerta para que Gauna pasara; Gauna pasó y con sorpresa vio que los señores lo seguían. Murmuró confusamente:

—¿Ustedes también?…

La puerta estaba entreabierta; los señores entraron; había gente adentro. Entonces apareció Clara, vestida de negro —¿de dónde sacó ese vestido?—; con los ojos brillantes, corriendo, se echó en sus brazos.

—Mi querido, mi amor —gritó.

El cuerpo de Clara se sacudía, apretado, contra el suyo. Quiso mirarla, pero ella se apretó más. «Está llorando», pensó. Clara le dijo:

—Papá ha muerto.

Después, frente a la pileta de la cocina, donde Clara se mojaba los ojos con agua fría, oyó por primera vez la relación de los hechos vinculados con la agonía y con la muerte de Serafín Taboada.

—No puedo creer —repetía—. No puedo creer.

La víspera Taboada se había sentido mal —con tos y con ahogos— pero no había dicho nada. Hoy, cuando Clara había llamado por teléfono a Gauna, Taboada escuchaba la comunicación; y era cumpliendo indicaciones de su padre que la muchacha le había pedido que fuera al cinematógrafo. «Tú misma debías ir», había agregado, «pero no insisto, porque sé que no me harás caso. No hay nada que hacer aquí; deberías evitarte un mal recuerdo». Clara protestó; le preguntó si pretendía que lo dejara solo. Con mucha dulzura Taboada contestó: «Uno siempre muere solo, mi hijita».

Después dijo que iba a descansar un poco y cerró los ojos; Clara no sabía si dormía; hubiera querido llamar a Gauna, pero hubiera tenido que hablar desde otro teléfono y no se atrevía a dejar a su padre. Éste, al rato, le pidió que se acercara; le acarició el pelo y con la voz muy apagada le recomendó: «Cuida de Emilio. Yo interrumpí su destino. Trata de que no lo retome. Trata de que no se convierta en el guapo Valerga». Después de un suspiro dijo: «Me gustaría explicarle que hay generosidad en la dicha y egoísmo en la aventura». Le dio un beso en la frente; agregó en un murmullo: «Bueno, mi hijita, ahora si quieres llama a Emilio y a Larsen». Disimulando su emoción, Clara corrió al teléfono. El carpintero la atendió con enojo; cuando ella se preguntaba si habría cortado la comunicación, el hombre le dijo que nadie contestaba en la casa, que Gauna debía de haber salido. Llamó entonces a Larsen. Éste prometió ir en seguida. Cuando ella volvió a acercarse a la cama, vio que su padre tenía la cabeza ligeramente inclinada sobre el pecho y comprendió que había muerto. Sin duda le había pedido que los llamara para alejarla un poco, para que no lo viera morir. Siempre había afirmado que había que cuidar los recuerdos, porque eran la vida de cada uno.

Clara fue al dormitorio de su padre; Gauna quedó, perplejo, en la cocina, mirando la pileta, advirtiendo singularmente la presencia de los objetos, observándose en el acto de mirarlos. No se había movido cuando Clara regresó para preguntarle si no quería tomar una taza de café.

—No, no —dijo avergonzado—. ¿Debo hacer algo?

—Nada, querido, nada —contestó ella, tranquilizándolo. Comprendía que era absurdo que ella lo consolara, pero la encontró tan superior a él que no protestó. Tuvo un recuerdo y habló con sobresalto:

—Pero… la empresa… ¿hay que ir a hablar?

Clara respondió:

—Ya se ocupó Larsen. También lo mandé a casa por si estabas allí y para que me trajera algunas cosas. —Sonriendo añadió—: Pobre, mirá el vestido que me trajo.

Para su coquetería femenina, normalmente poco notable y casi nula, había algo absurdo en ese vestido, algo que él no advertía.

—Te queda muy bien —dijo; después añadió—: Hay mucha gente.

—Sí —convino ella—. Mejor que vayas a atenderlos.

—Es claro, es claro —se apresuró a contestar.

En cuanto salió de la cocina, se encontró con desconocidos, que lo abrazaron. Estaba emocionado, pero sentía que la noticia de esa muerte había llegado demasiado bruscamente para que supiera cómo lo afectaba. Cuando lo vio a Larsen se conmovió mucho.

La gente bebía café, que Clara había servido. Gauna se sentó en un sillón. Estaba rodeado de un grupo de señores; todos hablaban en voz baja; de pronto se oyó decir:

—Fue un suicidio.

(Con agrado reparó en el interés que la declaración provocaba; se aborreció por ese agrado).

—Fue un suicidio —repitió—. Sabía que no podría aguantar otro invierno en Buenos Aires.

—Entonces murió como un gran hombre —afirmó el «culto» señor Gómez, que vivía de unos quintos de la lotería. Era muy delgado, muy gris, muy pálido; llevaba el pelo casi rapado y el bigote ralo. Tenía ojos pequeños, arrugados, irónicos y, al decir de la gente, japoneses; estaba vestido de oscuro, con una chalina sobre los hombros; para moverse y hasta para hablar temblaba de arriba abajo, y lo más memorable de su aspecto era la extraordinaria endeblez. En su mocedad, afirmábase en el barrio, había sido temible sindicalista y, peor aún, anarquista catalán. Ahora, por su impresionante colección de cajas de fósforos, se había vinculado con las mejores familias. Gauna pensó: «No hay como los velorios para oír imbecilidades».

—Bien mirada —continuó Gómez—, la de Sócrates no es más que un suicidio. Y la de, y la de…

(Olvidó el segundo ejemplo, se dijo Gauna).

—Y aun la de Julio César. Y la de Juana de Arco. Y la de Solís, que lo comieron los indios.

—Tiene razón, Evaristo —dictaminó el farmacéutico.

Gauna se tranquilizó. El polaco de la tienda, con los ojos celestes, la cara de dormido y el aspecto de gato gordo que duerme adentro, explicaba:

—Lo que no me convence es la escalera… muy angosta… no sé cómo van a sacar el catafalco.

—El ataúd, pedazo de bruto —corrigió el farmacéutico.

—Ah, eso sí —continuaba el polaco—, en las casas, lo primero que yo miro es el ancho de la escalera… no sé cómo van a sacarlo.

Un joven muy bien puesto, al que Gauna observaba con desconfianza, preguntándose si no sería uno de esos que van a los velorios para tomar café, comentó con vehemencia:

—Lo que es un abuso, a esta hora, son los vecinos del tercer piso. Meta música, sabiendo que tenemos arriba un velorio. Si me dan ganas de presentar una queja formal al portero.

Por encima de la chalina con caspa del señor Gómez, Gauna vio que alguien saludaba a Clara. «Quién será ese cabezón», pensó. Era pálido y rubio; creía recordarlo de alguna parte. «Parece que se conocen. Tengo que preguntar a Clara quién es. Ahora no. Ahora sería poco delicado», se dijo. «Pero tengo que preguntarle quién es».

El frágil señor Gómez continuaba:

—Estamos prendidos a la vida con todas nuestras garras. El gran hombre se reconoce en que parte como Taboada, sin presentar batalla inútil, con presurosa y casi alegre resolución.

Con el pretexto de saludar, Gauna se acercó al grupo de las señoras. El rubio se fué. La señora de Lambruschini estuvo muy cariñosa. Gauna pensó: «La Turquita mejora cada día, pero lo que es la novia de Ferrari, da miedo». La conversación y el café ayudaron a pasar la noche. En un rincón, unos jugaban al truco, pero fueron mal vistos por los demás.

XXXV

El destino es una útil invención de los hombres. ¿Qué habría pasado si algunos hechos hubieran sido distintos? Ocurrió lo que debía ocurrir; esta modesta enseñanza resplandece con luz humilde, pero diáfana, en la historia que les refiero. Sin embargo, yo sigo creyendo que la suerte de Gauna y de Clara sería otra si el Brujo no hubiese muerto. Gauna volvió a frecuentar el Platense, volvió a reunirse con los muchachos y con el doctor. Los habituales murmuradores del barrio dijeron que Gauna había cuidado de que estos momentáneos abandonos del hogar no perjudicaran a su mujer; que ante ella, en tales ocasiones, estaba representado por Larsen; que uno salía para que el otro entrara… La verdad que había en esto era inofensiva: los sentimientos de Larsen por Gauna y por Clara nunca variaron; como ya no podía ir a casa del Brujo, iba a casa de Gauna.

Sin la tutela del Brujo, Gauna conversaba casi con insistencia de la aventura de los tres días. Clara lo quería tanto que, para no quedar excluida de nada que lo concerniera o, simplemente, para imitarlo, dio también en discutir el asunto cuando estaba a solas con la Turquita; debía de presentir, sin embargo, que la obsesión de Gauna ocultaba precipicios en los que finalmente se hundiría su dicha, pero tenía esa noble resignación, ese hermoso valor de algunas mujeres, que saben ser felices en las treguas de su infortunio. La verdad es que ni siquiera esas treguas estaban libres de una sombra: la sombra de un anhelo que no se cumplía: el anhelo de tener un hijo (aparte de Gauna, solamente la Turquita sabía esto).

Él hablaba, cada vez más abiertamente, de los recuerdos del carnaval, del misterio de la tercera noche, de sus confusos planes para descifrarlo; se cuidaba un poco, es cierto, cuando estaba Larsen, pero llegó a mencionar, delante de Clara, a la máscara del Armenonville. Si ganaba algunos pesos en el taller, en vez de guardarlos para el Ford o para la máquina de coser, o para la hipoteca, los gastaba recorriendo bares y otros establecimientos que habían visitado en aquellas tres noches del 27. En alguna oportunidad reconoció que esas incursiones eran vanas: los mismos sitios, vistos separadamente y sin el cansancio y las copas y la locura de aquella vez, no le despertaban evocaciones. Larsen, cuya prudencia eventualmente parecía cobardía, cavilaba demasiado sobre las escapadas de Gauna y dejaba que la muchacha advirtiera su preocupación. Una tarde Clara le dijo en tono veladamente irritado que ella estaba segura de que Gauna nunca la abandonaría por otra mujer. Clara tenía razón, aunque una muchacha rubia, con cara sutilmente ovina, que trabajaba de licorera en un tugurio del Bajo, llamado Signor, lo enamoró buena parte de una semana. Por lo menos, el rumor llegó al barrio. Gauna habló poco del asunto.

Cuando Gauna cobró el dinero de la herencia de Taboada —alrededor de ocho mil pesos—, Larsen temió que su amigo lo dilapidara en la perplejidad y en el desorden de tres o cuatro noches. Clara no dudó de Gauna. Éste pagó la hipoteca y llevó a su casa la máquina de coser, un aparato de radiotelefonía y algunos pesos que habían sobrado.

—Te traigo esta radio —le dijo a Clara— para que te entretengas cuando estés sola.

—¿Pensás dejarme sola? —preguntó Clara.

Gauna le contestó que no podía imaginar la vida sin ella.

—¿Por qué no compraste el coche? —inquirió Clara—. Lo hemos deseado tanto.

—Lo compraremos en septiembre —afirmó él—. Cuando pasen los fríos y podamos salir a pasear.

Era una tarde lluviosa. Con la frente apoyada contra el vidrio de la ventana, Clara dijo:

—Qué lindo estar juntos y oír llover afuera.

Le sirvió unos mates. Hablaron de la tercera noche del carnaval del 27. Gauna dijo:

—Yo estaba en una mesa, con una máscara.

—Y después ¿qué pasó?

—Después bailamos. En eso oí un platillo, el baile se interrumpió, todo el mundo se tomó de las manos y empezamos a correr en cadena por el salón. Volvió a sonar el platillo y volvimos a formar parejas, pero con personas diferentes. Así se me perdió la máscara. Cuando pude me regresé a la mesa. El doctor y los muchachos estaban esperándome, para que les pagara el consumo. El doctor propuso que saliéramos a dar una vuelta por los lagos, para refrescarnos un poco y no acabar en la seccional.

—¿Qué hiciste?

—Salí con ellos.

Clara pareció no creer.

—¿Estás seguro? —preguntó.

—Cómo no voy a estar seguro.

Ella insistió:

—¿Estás seguro que no volviste a la mesa donde estaba la máscara?

—Estoy seguro, querida —contestó Gauna, y le dio un beso en la frente—. Alguna vez me dijiste algo que nadie hubiera dicho. Me dolió en el momento, pero siempre te lo agradecí. Ahora es mi turno de ser franco. Yo estaba muy desesperado por haber perdido a esa máscara. De repente la vi contra el mostrador del bar. Iba a levantarme para buscarla, cuando me di cuenta que la máscara le estaba sonriendo a un muchacho rubio y cabezón. Tal vez por la misma alegría que me dio verla, me dio rabia. O tal vez fueran celos, vaya uno a saber. No comprendo nada. Te quiero y me parece imposible haber tenido celos de otra.

Como si no lo oyera, Clara insistió:

—¿Qué pasó después?

—Acepté la propuesta de dar la vuelta por los lagos: me levanté, dejé sobre la mesa la plata que debíamos y salí con Valerga y los muchachos. Después hubo una disputa. La veo como en un sueño. Antúnez o algún otro afirmó que yo habría ganado en las carreras más que lo que dije. En este punto, todo se vuelve confuso y disparatado, como en los sueños. Yo debí de cometer una terrible equivocación. Según mis recuerdos, el doctor se puso de parte de Antúnez y acabamos peleando a cuchillo, a la luz de la luna.

XXXVI

En la mañana del sábado 1.º de marzo de 1930, Gauna estaba «sirviéndose» en la peluquería de la calle Conde. Se dirigió al peluquero:

—¿Entonces, Pracánico, no tenés ninguna fija para las carreras de esta tarde?

—Déjeme de carreras, que yo no quiero morir en el asilo —contestó Pracánico—. El juego está bueno para cada loco. No le digo la ruleta, que siempre me despluma en Mar del Plata, ni la lotería de todas las semanas que me consume los ahorros que guardo con la ilusión de ir en verano a Mar del Plata.

—Pero ¿qué clase de peluquero sos vos? —preguntó Gauna—. En mis tiempos, los peluqueros siempre estaban ofreciéndole a uno datos para las carreras. Además le contaban a uno la historia divertida, el cuento al caso.

—Si es por eso, le cuento mi vida, que es una novela —aseguró Pracánico—. Le narro cuando navegaba en el buque de guerra, con tanto miedo que no tenía tiempo de marearme. O la vez que, aprovechando que el marido estaba en el Rosario, salí con la mujer del verdulero.

Gauna canturreó:

Es la canguela,
la que yo canto,
la triste vida
que yo pasé,
cuando paseaba
mi bien querido
por el Rosario
de Santa Fe.

—No le escuché bien —dijo Pracánico.

—No es nada —contestó Gauna—. Un canto que recordé. Seguí.

—Aprovechando la ocasión, aquella noche salí con la mujer del verdulero. Yo era joven entonces, y de mucho arrastre.

Mirando de lado, hacia arriba, agregó con sincera admiración:

—Yo era alto.

(No aclaró cómo podía ser apreciablemente más alto que ahora).

—Fuimos a un baile, lo más cafiolos, en el Teatro Argentino. Yo era imbatible para el tango y cuando emprendimos la primer piecita un malevo con voz ronca me espetó: «Joven, la otra mitad es para don yo de Córdoba». Ese ignorante debía de imaginarse que bailábamos un estilo, que tiene primera y segunda. Yo le repliqué en el acto que tomara ahí nomás a mi compañera, que yo estaba lo más cansado de bailar. Salí del teatro a la disparada, no fuera a incomodarse tamaño malevaje. Al día siguiente, la mujer me visitó en la peluquería, que entonces tenía en la calle Uspallata al 900, y me prohibió absolutamente que volviera a hacer un papel tan triste en el baile. Otra vez dormíamos la siesta, lo más juntitos, y tuvimos unas palabras sin importancia. ¿Qué me dice usted cuando la veo que se levanta de todo su alto, abre el baúl y saca el cuchillo Solingen para cortar un cacho de pan y dulce? Yo lo menos que pensé fue en el pan y en el dulce. Dió farol, caí de rodillas, como un santo, y con lágrimas en los ojos le pedí que no me matara.

Como Gauna lo miró sorprendido, Pracánico explicó con vehemencia y con orgullo:

—Yo no sirvo para hacer frente a situaciones difíciles. Se lo juro por lo que más quiera: yo soy un cobarde infame. Cuando empecé a arrastrarle el ala a Dorita, no hacía mucho que ella se había separado de su marido. Una noche que yo iba a visitarla, el marido me salió al paso, en un sitio todo oscuro, y me dijo: «Quiero hablarle». «¿A mí?», le pregunté. «Sí, a usted», me dijo. «No puede ser», le contesté en el acto. «Debe estar en un error». «Qué error ni qué error», me aseguró. «Ármese porque estoy armado». Yo me puse a temblar como una hoja, le juré mil veces que estaba equivocadísimo, le expliqué que no había armería en el barrio y que, poniendo por caso que la hubiera, a tan altas horas estaría cerrada, le pedí que antes de hacer lo que se le diera la gana conmigo me permitiera llamar por teléfono a mis nenas para despedirme. El hombre comprendió que yo era un pobre desgraciado, el último infeliz. Se le pasó el enojo y me dijo, lo más razonable, que fuera a visitar a Dorita, que después hablaríamos en el café. Yo hubiera querido hacerme el que no sabía quién era Dorita, pero no me dio el cuero, si usted me entiende. Dorita me preguntó esa noche qué me pasaba. Yo le dije que estaba mejor que nunca. Vea lo que son las mujeres: ella me aseguró que parecía asustado. Cuando salí, el esposo estaba esperándome y fuimos al café, como era su capricho. Yo le ofrecí francamente mi amistad. El hombre se hacía el difícil. Al rato se avino a explicarme que trabajaba en los talleres de la Armada y que un ascenso le convendría de veras. Dió farol, le juré ahí mismo que se lo conseguiría y al otro día estuve activo molestando a mis relaciones. Soy tan metido que para el fin de semana el punto tenía el ascenso firmado. Pucha, nos convertimos en grandes amigos y nos veíamos todas las noches. No faltaron veces que saliéramos al teatro los tres juntos, con Dorita, todo sin doble sentido, lo más familiar y lo más decente. Así, viéndonos a diario, pasamos cinco años, hasta que al fin ese desgraciado murió de un grano y pude respirar.

Mientras se anudaba la corbata, Gauna insistió:

—Entonces ¿no tenés ninguna fija para las carreras de hoy?

Un señor vestido de negro, con paraguas, con cara de pájaro de mal agüero, que desde hacía un rato esperaba decorosamente su turno, habló con visible agitación:

—Decile que sí, Pracánico, decile que sí. Yo tengo el dato que no falla.

Contrariado, Pracánico aceptó el dinero que Gauna le entregó. Gauna encontró en un bolsillo del chaleco un viejo boleto de tranvía. Sacó un lápiz; miró al señor vestido de negro. Éste, moviendo mucho la cara, con voz apagada, sibilante, pronunció un nombre que Gauna escribió en letras de imprenta:

—CALCEDONIA.

XXXVII

Y como alguno de ustedes acaso recordará, Calcedonia ganó, ese primero de marzo, la cuarta carrera. Cuando Gauna, hacia el atardecer, pasó por la peluquería, recibió de manos de Pracánico mil setecientos cuarenta pesos. En el almacén de la esquina celebraron, con un vermut acorchado y con un queso bastante agrio, la victoria.

Gauna reconoció que debía estar contento, pero sin alegría se encaminó a su casa. El destino, que sutilmente dirige nuestras vidas, en ese golpe de suerte se había dejado ver de manera desembozada y casi brutal. Para Gauna, el hecho tenía una sola interpretación posible: él debía emplear el dinero como en el año veintisiete; debía salir con el doctor y con los muchachos; debía recorrer los mismos lugares y llegar, la tercera noche, al Armenonville y, después, al abra en el bosque: así le sería dado penetrar de nuevo las visiones que había recibido y perdido esa noche, y alcanzar definitivamente lo que fue, como en el éxtasis de un sueño olvidado, la culminación de su vida.

No podría decir a Clara: «He ganado este dinero en las carreras y voy a gastarlo con los muchachos y el doctor, en las tres noches de carnaval». No podría anunciar que dilapidaría estúpidamente un dinero que necesitaban tanto en la casa, con el agravante de pasar tres noches de alcohol y de mujeres. Podría, tal vez, hacer todo eso; no, decirlo. Ya se había acostumbrado a ocultar de su mujer algunos pensamientos; pero estar con ella esa noche y no decirle que a la otra noche saldría con los amigos le parecía una ocultación traidora y, además, impracticable.

Clara lo recibió tiernamente. La confiada alegría de su amor se reflejaba en toda su persona: en el brillo de los ojos, en la curva de los pómulos, en el pelo despreocupadamente echado hacia atrás. Gauna sintió como un espasmo de piedad y de tristeza. Tratar así a un ser que lo quería tanto, pensó, era monstruoso. Y además, ¿por qué? ¿No eran, acaso, felices? ¿Quería cambiar de mujer? Como si la determinación no dependiera de él, como si un tercero fuera a decidir, se preguntó qué ocurriría al día siguiente. Después resolvió que no saldría; que no abandonaría (pensar este verbo lo estremeció) a Clara.

Era tarde cuando apagaron la luz. Creo que hasta bailaron esa noche. Pero Gauna no dijo que había ganado dinero en las carreras.

XXXVIII

El domingo se presentó nublado y lluvioso. Lambruschini los invitó a ir a Santa Catalina.

—No es un día para excursiones —opinó Clara—. Mejor nos quedamos en casa. Más tarde, si tenemos ganas, vamos al cinematógrafo.

—Como quieras —contestó Gauna.

Le agradecieron la invitación a Lambruschini y le prometieron salir el domingo siguiente.

Pasaron la mañana sin hacer casi nada. Gauna estuvo leyendo la *Historia de los girondinos*; entre las páginas encontró la tira de papel, con la inscripción roja: «Freire 3721» escrita por Clara, con el lápiz de los labios, la tarde de la primera salida. Después Clara cocinó, almorzaron y durmieron la siesta. Cuando se levantaron, Clara declaró:

—Francamente, hoy no tengo ganas de salir de casa.

Gauna empezó a trabajar en el aparato de radio. La noche antes había notado que la bobina, después de funcionar un rato, se calentaba. A eso de las seis, anunció:

—Ya te lo arreglé.

Tomó el sombrero, se lo puso casi en la nuca.

—Voy a dar una vuelta —dijo.

—¿Vas a tardar mucho? —preguntó Clara.

La besó en la frente.

—No creo —contestó.

Pensó que no sabía. Hacía un rato, cuando se preguntaba qué haría esa noche, sentía alguna angustia. Ahora, no. Ahora, secretamente complacido, observaba su indeterminación acaso verdadera, su libertad acaso ficticia.

«No ha llovido bastante», pensó al cruzar la plaza Juan Bautista Alberdi. Los árboles parecían envueltos en un halo de bruma. Hacía mucho calor.

Alrededor de una mesa de mármol, los muchachos se aburrían en el Platense. Apoyado en los respaldos de las sillas de Larsen y de Maidana, reclinado, pálido, absorto, Gauna dijo:

—He ganado más de mil pesos en las carreras.

Miró a los muchachos. Retrospectivamente (entonces no, estaba demasiado exaltado), creyó notar una expresión ansiosa en el rostro de Larsen. Continuó:

—Los invito a salir esta noche.

Larsen le decía que no con la cabeza. Simuló no advertirlo. Siguió hablando rápidamente:

—Tenemos que divertirnos como en el veintisiete. Vamos a buscar al doctor.

Antúnez y Maidana se levantaron.

—¿Hay pulgas? —preguntó Pegoraro, recostándose en la silla—. Pero, amigo, se están portando como los brutos que son, ¿vamos a irnos de aquí sin celebrar, aunque sea con Bilz, la suerte de Emilito? Siéntense, háganme el favor. Sobra el tiempo, no se apuren.

—¿Cuánto ganaste? —interrogó Antúnez.

—Más de mil quinientos pesos —contestó Gauna.

—Si le preguntan dentro de un rato —acotó Maidana— habrá superado ampliamente los dos mil.

—¡Mozo! —llamó Pegoraro—. El señor, aquí, va a convidarnos con una caña quemada.

El mozo miró inquisitivamente a Gauna. Éste asintió.

—Sirva, nomás —dijo—. Yo hago frente.

Después de beber, todos se levantaron, salvo Larsen. Gauna le preguntó:

—¿No venís?

—No, che. Yo me quedo.

—¿Qué te pasa? —preguntó Maidana.

—No puedo ir —Larsen contestó, sonriendo significativamente.

—Dejala que espere —aconsejó Pegoraro—. Les asienta bien.

Antúnez comentó:

—Éste le cree.

—Si no, ¿por qué no iba a ir? —interrogó Larsen.

Gauna le dijo:

—Pero imagino que esta noche te sumarás a nosotros.

—No, viejo. No puedo —le aseguró Larsen.

Gauna se encogió de hombros y empezó a salir con los muchachos.

Después volvió a la mesa y le dijo en voz baja a su amigo:

—Si podés, pasá por casa y decile a Clara que he salido.

—Debías decírselo vos —replicó Larsen.

Gauna alcanzó al grupo.

—¿A quién tendrá que ver Larsen? —preguntó Maidana.

—No sé —contestó secamente Gauna.

—A nadie —aseguró Antúnez—. ¿Cómo no comprenden que es un pretexto?

—Un puro pretexto —repitió tristemente Pegoraro—. Ese muchacho carece de calor humano, es un egoísta, un comodón.

Antúnez entonó con la voz melosa, que ya cansaba a los propios amigos:

—*Contra el destino*
nadie la talla.

XXXIX

—¿Cuánto ganaste? —preguntó el doctor. Sus labios finos dibujaron una sonrisa sutil—. Yo siempre repito que no hay deporte más noble.

Llevaba saco azul, de mecánico, pantalón de fantasía, oscuro, y alpargatas. Los había recibido con frialdad, pero la noticia del triunfo de Gauna lo apaciguó notablemente.

—Mil setecientos cuarenta pesos —contestó Gauna, con orgullo.

Guiñando un ojo, encogiendo la pierna izquierda, Antúnez comentó con entusiasmo:

—Hasta ahí lo que declara. Si quieren, le asculto el fundillo.

—No te expreses como un malevo —lo retó el doctor—. Te voy a reprender cada vez que te pesque hablando como un malevo y como un lunfardo. Decencia, muchachos, decencia. El loco Almeyra, un hombre que no faltó a la cita en cuanta barrabasada y otros despropósitos que en su tiempo se cometieron, amén de haber detentado cierta notoriedad en años en que se estilaba, entre la dorada juventud, salir a cazar vigilantes, me dijo, y nunca lo olvidaré, que la decencia en el vestir le había reportado más que el naipe. —Después, encontrando su tono cordial, inquirió—: ¿Por qué no pasan?

Pasaron a la cocina y, sentados en bancos de fabricación casera y en sillas de paja (alguna, bajísima) rodearon al doctor. Éste, solemnemente, cebó mates que tomó y ofreció.

Por fin, Gauna se atrevió a hablar:

—Habíamos pensado salir a divertirnos en estas fiestas. Quisiéramos que nos honrara con su compañía.

—Ya te dije, muchacho —replicó Valerga—, que no soy un circo, para tener compañía. Pero acepto gustoso el convite.

—Cuando el doctor se entere para cuándo es el convite, lo fusila a Gaunita —comentó Antúnez, riendo nerviosamente.

—¿Para cuándo? —preguntó el doctor.

—Para hoy —contestó Gauna.

El doctor se dirigió a Antúnez:

—¿Qué te has creído, che? ¿Te imaginás que soy un viejo sotreta, que no puedo salir zumbando a la voz de mar?

—¿Dónde iremos? —preguntó Maidana, acaso para distraerlos de la discusión.

Gauna comprendió que debía mostrarse firme.

—Vamos a retomar —dijo— el circuito del 27.

—¿Los mismos sitios? —inquirió, con alarma, Pegoraro—. ¿Por qué? Hay que ver novedades, hay que ponerse a tono con la época.

—¿Y vos quién sos para opinar? —le preguntó el doctor—. Emilio decide, porque es el que ganó el dinero. ¿Está claro o quieren que les grite en las orejas? Le doy mi conformidad, aunque se le antoje dar vueltas por los mismos sitios, como un animal de noria.

El doctor pasó al cuarto contiguo, para volver, instantes después, con su pañuelo al cuello, su chalina de vicuña, el saco negro, el mismo pantalón y calzado de charol, muy lustroso. Lo precedía y lo rodeaba un halo, casi femenino, de olor a clavel o, tal vez, a polvo de talco. El pelo, recién peinado, brillaba grasosamente.

—Marchen, reclutas —ordenó, abriendo la puerta para que los muchachos salieran. Se dirigió a Gauna—: ¿Y ahora?

—Ahora pasemos por la peluquería de Pracánico —propuso Gauna—. Él me hizo ganar la plata. Quedaría como un infame si no lo invitara.

—Éste siempre mostró afición a pasear con peluqueros —comentó Pegoraro.

—A lo mejor, no se acuerda del refrán —opinó el doctor—: ir a la peluquería y volver sin peluca.

Todos se rieron mucho. Pegoraro susurró en el oído de Gauna:

—Está de un humor excelente —la voz traslucía admiración y cariño—. Me parece que por ahora no hay que temer colisiones desagradables.

Un rato bastante largo llamaron a la puerta, en casa del peluquero. Cuando el doctor empezaba a dar signos de impaciencia, apareció una señora.

—¿Está Pracánico? —preguntó Gauna.

—Qué va a estar —contestó la señora—. Usted que lo ve todo el año matándose en el trabajo, siempre en la línea de fuego, como un esclavo de su deber, como un hombre formal, no se hace ni una idea de cómo se pone de loco en cuanto llegan los carnavales. Savastano, que es otro que ya no lo aguanto, vino a buscarlo desde la plaza del Once y los dos se fueron con la ilusión de formar en el carro alegórico del doctor Carbone.

En la estación Saavedra tomaron el tren. Gauna comprendió que su plan de repetir exactamente las acciones y el itinerario de los tres días del carnaval del 27 era impracticable; la ausencia, que él reputaba deserción, del peluquero, lo afligía. Se consolaba reflexionando que, aun si hubiera conseguido a Pracánico, los de la partida no hubieran sido los mismos, ya que, estudiándolo bien, Pracánico no era Massantonio. Pero debía reconocer que ambos coincidían en ser peluqueros y este hecho, inútil ocultarlo, revestía la mayor importancia. El doctor, los muchachos y un peluquero habían formado, en 1927, el grupo original. La triste verdad era que ahora iniciaban la gira desprovistos de peluquero.

XL

Bajaron en Villa Devoto y por Fernández Enciso llegaron a la plaza Arenales. En el trayecto se cruzaron con algunas máscaras que parecían avergonzadas y perdidas. Maidana murmuró:

—Menos mal que no juegan con agua.

—Que me salpiquen, nomás —Antúnez comentó sombríamente—. Extraigo el 38 y les abro un ojo en la frente.

El doctor palmeó a Gauna.

—Tu paseíto puede resultar medio fiambre —le dijo, sonriendo—. La animación de otros años brilla por su ausencia.

—¿Recuerdan el carnaval del 27? —Gauna preguntó—. Las avenidas parecían un corso.

—No son las ocho de la noche —observó Maidana— y uno ya se cae de sueño. No hay vida, no hay espíritu. Es inútil.

—Es inútil —confirmó el doctor—. En este país, todo va para atrás, hasta los carnavales. No hay más que decadencia. —Después de unos instantes agregó con lentitud—: La más negra decadencia.

—Vamos a tomar una copa en ese club de nombre brasilero, Los Mininos o algo por el estilo —propuso Gauna.

Maidana movió negativamente la cabeza. Luego condescendió a explicar:

—No podemos entrar, no somos socios.

—La otra vez entramos —insistió Gauna.

—La otra vez —aclaró Pegoraro—, el Gomina tenía amigos en la comisión.

Maidana asintió en silencio. Caminaron un rato, sin preocuparse, tal vez, del rumbo.

—Es demasiado temprano para cansarnos —protestó el doctor.

Siguieron caminando. Después divisaron un coche.

—Ahí va una victoria —gritó Gauna.

La llamaron. Valerga ordenó al cochero:

—A Rivadavia.

El doctor y Gauna se acomodaron en el asiento principal; los tres muchachos, en el estrapontín. Maidana, que había quedado un poco de lado y casi afuera, preguntó:

—Maestro, ¿no tiene un calzador?

El doctor señaló en tono reflexivo:

—Hay que buscar un almacén donde lo sirvan a uno decentemente. Yo comería carne asada.

—Yo no tengo hambre —advirtió con tristeza Pegoraro—. Me conformo con alguna tajada de salame y dos o tres empanaditas.

Gauna pensaba que el paseo de 1927, desde la primera noche, había sido muy distinto. Como si hablara con los muchachos, se dijo: «Había entonces otra animación, otra solidaridad humana». Le parecía que él mismo, en aquella oportunidad, había estado menos ocupado en circunstancias personales, se había dado más despreocupadamente al grupo de amigos y a la animación de la noche. Tal vez, en el 27, cuando salieron de Saavedra, ya tenían dos o tres copas. O tal vez ahora creyera recordar los momentos iniciales del otro paseo, pero en realidad recordara momentos ulteriores, el fin de la primera noche o la mitad de la segunda.

—A lo mejor me conviene más un poco de estofado a la española —prosiguió Pegoraro, después de recapacitar—. Con este peso que tengo en el estómago, debo mantenerme firme en el renglón de las comidas livianas.

Gauna se convenció de que el estado de ánimo de las noches del 27 era irrecuperable; sin embargo, cuando se desviaron de un corso y bajaron por una callecita vacía y despareja, creyó presentirlo, como se presiente una música olvidada, en ráfagas lejanas, repetidas, tenues.

—Hágame el obsequio, doctor, míreme ese pollo —exclamó Pegoraro, sacando medio cuerpo fuera del coche; habían entrado en una avenida y, en la curva, se habían acercado mucho a la vereda—. Ese pollo, doctor, ese pollo en el *spiedo*, el segundo, ese que ahora se pierde para atrás. No me diga que no lo vio.

—Olvidalo —aconsejó el doctor—. Entrás en el recinto, te ajustás la servilleta y ya te dejan más desplumado que el ave.

—No lo ofenda a Gauna —rogó Pegoraro, en voz quejosa.

—Yo no ofendo a nadie —respondió torvamente el doctor.

Alarmado, Maidana intervino:

—Pegoraro quiso decir que Emilito hoy no está para fijarse en unos pesos miserables.

—¿Por qué dice que ofendo? —insistió el doctor.

Antúnez guiñó un ojo y se encogió en el asiento. Burlescamente explicó:

—Debemos cuidar la platita de Gauna como si ya fuera nuestra.

—No vamos a encontrar otro pollo como ése —gimió Pegoraro.

—Detenga, maestro —Valerga ordenó al cochero, levantándose de hombros; a Gauna le dijo—: Pagá, Emilito.

Cuando entraron en la fonda, el doctor explicó:

—En mis tiempos, el pollo quedaba para las mujeres, los

atrasados de salud y los extranjeros. Los hombres comíamos carne asada, si mal no recuerdo.

Un anciano pequeño y transpirado, con saco de lustrina sucio, con grasienta servilleta debajo del brazo, con pantalones negros, muy arrugados, muy caídos, en los que aparecían reflejos amarillos, acaso producidos por quemaduras de plancha, sumariamente limpió la mesa. Valerga le dijo:

—Oiga, joven; el señor, aquí —señaló a Pegoraro—, le echó el ojo a uno de esos pollos que circulan en la vidriera. Se lo va a mostrar.

Cuando volvieron con el pollo, el mozo preguntó:

—¿Hago marchar otra cosita?

—A ver —repuso Pegoraro—, ¿por qué no presenta el menú?

El doctor Valerga sacudió la cabeza.

—En mis tiempos —dijo—, nadie pasaba hambre, aunque no pidiera a cada rato la adición o el menú. Te atracabas al mostrador, le dabas al pulpero una suma redonda, para que el hombre estuviera a cubierto, y no te asombres si te servía tres docenas de huevos fritos.

—Hace cuarenta años que trabajo en el país —declaró el mozo—. Que me quede ciego si he visto cosa parecida. El señor tal vez anduvo leyendo algún librito de embustes y cuentos del tío.

—Y usted —preguntó el doctor— ¿me llama embustero o pretende que lo mate?

Maidana intervino solícitamente:

—No le haga caso, doctor. Es un anciano que no sabe lo que dice.

—No pases cuidado —contestó Valerga—. Estoy suave como badana. No voy a ocuparme de este viejo. Por mí, que nos sirva y después lo coman los gusanos.

—Pero, doctor —suplicó Pegoraro—, el pollito no va a alcanzar para todos.

—¿Quién dijo que debía alcanzar? Los muchachos empezarán con fiambre surtido, Gauna y yo, que somos las personas de respeto, nos haremos cargo del pollo y vos, que estás delicado, darás cuenta de la sopa de pan rallado y de más de una legumbre.

Gauna simuló no advertir una guiñada del doctor. Ya estaba cansado de sus bromas y de sus enojos. Había tenido razón Taboada: Valerga era un viejo insoportable. Lo gobernaba una tenaz y grosera malignidad. En cuanto a los muchachos, eran unos pobres diablos, aspirantes a criminales. ¿Por qué había tardado tanto en comprenderlo? Para andar con este grupo de imbéciles se había ido de la casa, sin avisar a su mujer. ¿Clara seguiría queriéndolo? Sin ella y sin Larsen estaría solo en el mundo.

Apartó su plato. No tenía hambre. El doctor daba cuenta de medio pollo, los muchachos devoraban y se disputaban las rodajas de mortadela y de salame, Pegoraro absorbía la sopa. Los miró con odio.

—¿No comés? —preguntó Pegoraro.

—No —contestó.

Con prontitud, Pegoraro tomó la presa de pollo que Gauna había dejado y empezó a devorarla. El doctor pareció enojado, pero no habló. Gauna bebió un trago de vino. Después, como el doctor y los muchachos se demoraron con la comida, Gauna bebió tres o cuatro vasos. El doctor propuso que pasaran por un establecimiento de la calle Médanos.

—El de las alemanas, ¿recuerdan? Lo favorecimos en el 27.

XLI

Como estaban congestionados con la comida, resolvieron caminar. Llegaron, por fin, a la calle Médanos. El establecimiento estaba clausurado. Casi todos los que recorrieron en el 27 ahora estaban clausurados. Desembocaron en una avenida y mientras interminablemente los ensordecía una murga, el doctor refirió cómo, años atrás, incendió una máscara que lo había desairado.

—Vieran cómo corría la pobrecita, con el vestido de pajas y la guitarra que le dicen el ukelele. En las noticias de policía de los diarios la llamaron «la antorcha humana».

En un café, ya cerca de Rivadavia, Gauna recordó que en el 27 habían estado ahí, quizá en la misma mesa, y que había sucedido algo con un chico. Por un instante creyó recordar el episodio, sentir lo que había sentido aquella noche. Preguntó:

—Aquí me parece que hubo una historia con un chico, ¿recuerdan qué pasó?

—Yo no recuerdo en absoluto —afirmó el doctor, sin pronunciar la «b».

—Que me muera si recuerdo lo más mínimo —dijo Antúnez.

Gauna supuso que si recordaba ese episodio empezaría a recuperar las perdidas y maravillosas experiencias... Lo cierto es que el estado de ánimo de entonces le parecía irrecuperable. Hoy no se abandonaba a un compartido sentimiento de amistad, a un sentimiento de poder casi mágico, a un sentimiento de generosa despreocupación. Hoy era un espectador minucioso y hostil.

Después de beber un vasito de ginebra, Gauna entrevió un recuerdo del carnaval del 27. Sintiéndose muy astuto preguntó:

—¿Dónde haremos noche, doctor?

—No te preocupes —contestó Valerga—. El camastro a un peso la dormida no es lo que falta en Buenos Aires.

—Para mí —opinó Pegoraro— que Emilito ya está con ganas de volver a la cucha. Lo noto medio apocado, carente de animación, si me explico.

Gauna continuó:

—La otra vez fuimos a una quinta de un amigo del doctor.

—¿A una qué? —preguntó este último.

—A una quinta. Salió a recibirnos una señora de mal talante, con muchos perros.

Valerga se limitó a sonreír.

Los muchachos hablaban con libertad, como si adivinaran que el doctor no estaba en ánimo de reprenderlos.

—¿Ahora te ha dado por el ahorro? —preguntó Pegoraro—. Un hombre como vos no se fija en un miserable peso.

Antúnez intervino con cierto calor.

—No le hagas caso —dijo—. Mi eterno lema es que debemos cuidarte el centavo.

—No te comprenden, Emilito —comentó el doctor, casi con dulzura. Después, dirigiéndose a los muchachos, explicó—: Por alguna razón que él solo conoce, Emilio quiere que repitamos el recorrido de las noches del 27. Está visto que nadie tiene que saber la razón; de no, yo creo que nos la hubiera comunicado a nosotros, a los amigos.

—Pero, doctor —protestó Gauna.

—No me gusta que me interrumpan. Decía que somos tus amigos de toda la vida y que me extraña que andes con tapujos. A otro no se lo hubiera perdonado. Si cuando lo pienso la sangre me hierve. Pero con Emilito es distinto: es el hombre de la suerte, ha tenido la deferencia de acordarse de nosotros, de invitarnos y, para manifestarlo en una sola palabra, no se dirá que yo no sé agradecer.

—Pero, doctor, le aseguro… —insistió Gauna.

—No es necesario que te justifiques —lo detuvo el doctor, retomando el tono amistoso. Luego se dirigió a los muchachos—: En ocasiones queremos volver a los lugares que en la dorada juventud hemos frecuentado. En ocasiones, he dicho, porque ni el más hombre está libre de acordarse de alguna mujer. —Volvió a dirigirse a Gauna—: Quiero decirte que apruebo tu conducta. Hacés bien de no hablar. Estos hombrecitos de ahora cuentan todo y ni siquiera respetan el buen nombre de la arrastrada que les hizo caso.

Gauna se preguntó si debía creer al doctor, si debía creer que el doctor creía lo que había dicho. ¿Él mismo lo creía? ¿El sentido de esa confusa peregrinación era conmemorar su ulterior encuentro con la máscara del Armenonville? ¿O repetía la peregrinación con la esperanza mágica de que se repitiera el encuentro?

Bebieron otra vuelta de ginebra y luego salieron del café. El doctor anunció en tono ambiguo:

—Ahora vamos a la quinta.

Antúnez le dio un codazo a Maidana. Los dos se rieron; Pegoraro también. Con una mirada severa, Valerga los obligó a sofocar la risa.

De lejos advirtieron la gritería y el resplandor de Rivadavia. Se cruzaron con un grupo de dos señoritas, vestidas de manolas, y un joven, de pirata.

—Ufa —exclamó el joven—. Qué suerte que salimos.

—Este año el corso estaba odioso —comentó una de las señoritas—. No podía una dar un paso sin que el primer guarango…

—Se fijaron, che —la interrumpió la otra—, yo creo que me querían comer con los ojos.

—Y yo, les juro, con la calor temí que me diera un sofocón —aseguró el joven.

—No diga —murmuró Valerga.

Vendedores ambulantes ofrecían antifaces, narices, caretas, serpentinas, cajas de pomos; subrepticiamente, muchachos del barrio ofrecían, a precios razonables, pomos usados, llenados de nuevo (con agua de las cunetas, se afirmaba). Otros vendedores ofrecían fruta fresca o fruta abrillantada, helados Laponia, roscas de maicena, tortas y maní. Se abrieron paso entre la gente, para mirar el corso. Cuando consideraban las evoluciones de unos angelotes que pasaban en un carro alegórico, una muchacha pelirroja, desde un vasto doble-faetón de alquiler, atinó, con una bombita roja, en un ojo del doctor. Éste, visiblemente resentido, pretendió arrojarle un pomo, arrebatado, en el calor de las circunstancias, a un lloroso niño caracterizado de gaucho; pero Gauna logró contenerlo. Después del incidente, los muchachos y el doctor avanzaron con lentitud entre la muchedumbre, mirando y hablando con agresividad a las muchachas, entrando en almacenes, bebiendo cañas y ginebras. Luego, en un taxi, continuaron el interminable desfile, distribuyendo requiebros e insultos. Cuando llegaron a la altura del siete mil doscientos, Valerga ordenó:

—Sujete, chófer. No aguanto más.

Gauna pagó. Entraron en otro almacén y, después de un rato, por una callecita arbolada, probablemente Lafuente, desviaron hacia el sur. En el silencio del barrio solitario retumbaban sus gritos de borrachos.

A la izquierda, contra un cielo de luna y de nubes, una fábrica se prolongaba en pálidos muros y en altas chimeneas. De pronto, en lugar de muros, Gauna vio barrancas abruptas, con matas de pasto en la cima, con algún pino y con alguna cruz. El aire estaba cargado de un sofocante olor a humo dulce. Ya no había iluminación; un último farol solitario resplandecía contra las barrancas. Siguieron caminando. Los nubarrones habían ocultado la luna. Ahora, hacia la izquierda, creyó adivinar una llanura tenebrosa; hacia la derecha, ondulaciones y valles. Unas luces redondas aparecían y desaparecían en la llanura de la izquierda. De la profundidad de la noche, un par de esas luces avanzaba con celeridad. Inesperadamente, Gauna advirtió, casi inmediata, enorme, la cabeza de un caballo. Tal vez por la profusión de monstruosas máscaras que había visto esa noche, la apacible cara del animal lo sobresaltó como algo diabólico. Comprendió: hacia la izquierda se extendía un potrero; las luces redondas eran ojos de caballos. Después le flaquearon las piernas, creyó que iba a desmayarse. Tuvo un recuerdo y vertiginosamente lo olvidó, como al despertar uno memoriza y olvida un sueño. Cuanto pudo recuperar de ese recuerdo, lo formuló en la pregunta:

—¿Qué pasó esta misma noche, el año 27, con un caballo?

—Dale —contestó el doctor—. Hace un rato era un chico.

Todos reían. Pegoraro comentó:

—Emilito es muy veleta.

Gauna levantó los ojos y vio en el cielo una exhalación. Pidió volver junto a Clara.

Siguiendo a Valerga, salieron del camino, se internaron por las ondulaciones y por los valles —tal le parecieron— de la derecha. Avanzaba con dificultad, porque el terreno cedía bajo sus pies; era seco y blando.

—Qué olor feo —exclamó—. No puedo respirar.

Toda la zona parecía cubierta por ese repugnante olor a humo dulce.

—Tan delicado, Gauna —comentó Antúnez, remedando una voz afeminada y alta.

Gauna lo oyó de muy lejos. Un sudor frío le empapó la frente; la vista se le nubló. Cuando volvió en sí, estaba apoyado en un brazo del doctor. Éste le dijo con voz amistosa:

—Vamos, Emilito. Falta poco.

Echaron a andar. Muy pronto oyeron un ladrido. Una manada de vagos perros los rodeaba, ladrando y gimiendo. Como en sueños, vio a una mujer andrajosa: la mujer que los había recibido en la quinta, en 1927. Ahora Valerga discutía con ella; la tomaba de un brazo, la apartaba, los hacía pasar. El cuarto era pequeño y sórdido. Gauna vio en un rincón una piel de oveja. Se dejó caer encima. Se durmió.

XLII

Cuando despertó, el cuarto estaba a oscuras. Gauna oyó la respiración de personas dormidas. Se tapó los oídos, cerró los ojos. Recayó en el mismo sueño que estaba soñando cuando despertó: con su cuchillito enfrentaba una rueda de hombres, semiocultos en un entrecruzado dibujo de sombras; poco a poco, a la luz de la luna, los identificó: eran el doctor y los muchachos. Volvió a despertar. Abrió mucho los ojos en la oscuridad: ¿por qué estaba peleando, por qué, en el sueño, lo abrasaba un tan vivo encono contra el doctor? Ya no oía la respiración de los que dormían; todo él, tensamente, buscaba un recuerdo. Lo había recuperado en un sueño y al despertar lo perdió. Volvería a recuperarlo. Sí, era el incidente del chico. En el sueño había ocurrido de nuevo ese incidente del carnaval del 27. Ahora Gauna lo recordaba con nitidez.

No había un chico, sino dos chicos. Uno, de tres o cuatro años, vestido de pierrot, que apareció de pronto junto a la mesa, llorando en silencio, y otro, un poco mayor, de una mesa vecina. El doctor contaba una de sus historias, cuando apareció el primer chico y se detuvo a su lado.

—¿Qué te pasa, recluta? —le preguntó el doctor, con irritación.

El chico siguió llorando. El doctor advirtió la presencia del otro chico; lo llamó; le dijo unas palabras al oído y le dio un billete de cincuenta centavos. Este otro chico, sin duda obedeciendo una orden, dio un puntapié al pierrot; después corrió a guarecerse a su mesa. El pierrot se golpeó la boca contra el mármol de la mesa, volvió a erguirse, se limpió la sangre de los labios, siguió llorando en silencio. Gauna lo interrogó: el chico estaba perdido, quería volver con sus padres. Levantándose, el doctor anunció:

—Un minuto, muchachos.

Tomó en brazos al chico y salió del café. Regresó muy pronto. Exclamó: «Listo», y explicó, restregándose las manos, que había despachado al chico en el primer tranvía que pasó, un tranvía lleno de máscaras. Agregó, suspirando:

—Vieran el susto que tenía el pobre recluta.

Éste era el incidente del chico. Ésta era la primera aventura, y acaso un ejemplo, de lo que en el recuerdo había quedado como la epopeya de su vida, las tres noches heroicas del 27. Ahora Gauna quería recordar lo que había pasado con un caballo. «Íbamos en una victoria», se dijo y trató de imaginar la escena. Cerró los ojos, se apretó la frente con una mano. «Es inútil», pensó, «ya no podré recordar nada». El encanto se había roto; él se había convertido en un espectador de sus procesos mentales, que se habían detenido… O no, no se habían detenido, pero no obedecían a su voluntad. Veía una escena, solamente una escena, de otra historia, no de la historia del caballo. Una mujer muy pintada, envuelta en un batón celeste, que dejaba entrever una camisa con puntillas negras y con un corazón bordado, sentada junto a una mesita de mimbre, examinaba las manos de un desconocido y exclamaba: «Puntos blancos en las uñas. Hoy emprendedor, mañana sin ánimo». Se oía una música: el «Claro de luna», le dijeron. Ahora Gauna recordaba todo vívidamente. Recordaba ese cuarto de la calle Godoy Cruz, con un portal de vidrios de colores, con plantas oscuras en jarrones de mosaicos, con vastos espejos, con lámparas cubiertas por pantallas de seda roja; recordaba la luz rosada y, sobre todo, el «Claro de luna», la emoción que le produjo el «Claro de luna», que tocaba un violinista ciego. El violinista estaba de pie, en el marco de la puerta; su cabeza, inclinada sobre el instrumento, evocó en Gauna la sensación del recuerdo. ¿Dónde había visto esa cara dolorida? El pelo era castaño, largo y ondulado; los ojos tristes y muy abiertos; el color de la piel, pálido. Una barba, breve y delicada, terminaba el rostro. A su lado había un chiquilín, con el sombrero (seguramente del violinista) hundido hasta las orejas y con un cacharro de porcelana, para recibir las monedas, en la mano. Gauna, al ver a ese chico había pensado: «El pobre Cristo, con la escupidera en la mano, ¡si es para morirse de risa!». Pero no se rió. Oyendo el «Claro de luna» había sentido en el pecho un positivo apremio por fraternizar con los presentes y con la humanidad entera, una irreprimible vocación por el bien, un melancólico afán de mejorarse. Con la garganta apretada y con los ojos húmedos, se dijo que el Brujo habría hecho de él otro hombre, si no hubiera fallecido. Cuando el violinista acabara la ejecución de su pieza, él explicaría a esos amigos el extraordinario privilegio que tuvo de conocer a Larsen, de contar con la amistad de Larsen. Pero no llegó a dar esa explicación. Cuando el músico terminó el «Claro de luna», él había olvidado su propósito y sólo atinó a pedir, con voz humilde:

—Otro valsecito, maestro.

Tampoco volvería a oír, esa noche por lo menos, al violinista. En algún aposento no lejano ocurría un tumulto. Se enteró después que por cuestiones de dinero se produjo una diferencia entre el doctor, que se consideraba ofendido, y la señora; el doctor porfiaba que le habían sustraído unas monedas y la señora le repetía que estaba entre gente honrada; para cerrar el entredicho, el doctor, animado por los aplausos de los muchachos, suavemente había derribado a la señora, la había levantado de los tobillos y, cabeza abajo, la había sacudido en el aire. Efectivamente, cayeron unas monedas que el doctor recogió. Lo que ocurrió después fue vertiginoso. Él (Gauna) acababa de pedir al ciego que volviera a tocar, cuando el portal de vidrio se abrió ruidosamente y entraron el doctor y los muchachos. El doctor se precipitó hacia la puerta donde estaba el ciego; reparó entonces en el chico; le arrebató el cacharro, lo vació de monedas y de un golpe se lo encasquetó al ciego. Hubo una gritería. El doctor exclamó: «Vamos, Emilio», y corrieron por los pasillos, luego por la calle, quizá perseguidos por la policía. Pero antes de salir pudo ver el aterrado rostro del ciego y el velo de sangre que le bajaba por la frente.

XLIII

En el cuarto hacía frío. Gauna se acurrucó en la piel de oveja. Abrió los ojos, para ver si encontraba algo con que abrigarse. La oscuridad ya no era total. Por los resquicios de la puerta, por algunos agujeros de las paredes, entraba luz. Gauna se levantó, se echó la piel sobre los hombros, abrió la puerta, miró hacia afuera. Recordó a Clara y los amaneceres que habían visto juntos. Bajo un cielo violáceo, donde se entrelazaban cavernas de mármol y de vidrio con lagos de pálida esmeralda, amanecía. Un perro bayo se le acercó perezosamente; otros dormían, echados. Miró a su alrededor: estaba entre colinas de tierra parda, como en el centro de un vasto y ondulado hormiguero. Divisó, a lo lejos, alguna sutil columna de humo. Persistía el repugnante olor a humo dulce.

Caminó hacia afuera. Miró la casa en que había dormido: era un rancho de lata. No muy lejos, había otros ranchos. Comprendió que estaba en la quema de basuras. Hacia el norte, descubrió las barrancas, los pinos y las cruces del cementerio de Flores; más lejos, la fábrica de la noche anterior, con sus chimeneas. Diseminados por la ondulada superficie de la quema, vio a algunos hombres: sin duda, buscadores de basura. Recordó que en el otro carnaval, después de la noche que pasaron en la quinta del amigo del doctor, viajaron en un carro basurero; mentalmente vio caer la lluvia sobre la sucia baranda del carro. En una súbita revelación adivinó que la quinta del amigo era el mismo rancho en que ahora había dormido. «Cómo habré estado —pensó— para tomarlo por quinta». Siguió reflexionando: «Por eso nos fuimos en el carro basurero; no sé qué otro vehículo puede conseguirse en este paraje, si no se cuentan los fúnebres que van al cementerio. Por eso, el doctor se asombró cuando le hablé de la quinta».

Entonces apareció un hombre a caballo. La mano de la rienda descansaba en una bolsa, a medio llenar, que el hombre llevaba delante de sí, apoyada sobre la cruz del animal; la mano derecha sostenía un largo palo terminado en un clavo: instrumento que le servía para levantar las basuras elegidas, que luego guardaba en la bolsa. Mirando ese fatigoso caballo, de orejas largas y abiertas, Gauna recordó otro caballo: el de la victoria que los llevó de Villa Luro a Flores y luego hacia Nueva Pompeya. Antúnez había viajado en el pescante, cantando «Noche de Reyes» y bebiendo de una botella de ginebra que había comprado en un almacén.

—Ese pobre muchacho se va a desnucar —había comentado Valerga, al ver cómo el borracho se balanceaba en el pescante—. Por mí que se mate.

Para no caerse, el borracho se abrazaba del cochero. Éste no podía manejar; protestaba y gemía. La victoria progresaba sinuosamente. Valerga, con voz muy suave, canturreaba:

A la hueya, hueya,
la infeliz madre.

El peluquero Massantonio quería arrojarse de la victoria, aseguraba que iban a estrellarse, juntaba las manos, lloraba. Él ordenó al cochero que detuviera. Subió al pescante; mandó a Antúnez al asiento de atrás. El doctor tomó la botella de manos de Antúnez, comprobó que estaba vacía, y, con puntería excelente, la despedazó contra un poste metálico.

Desde el pescante, él miraba el anguloso caballo atareado en su trote. Miraba las ancas flacas y oscuras, el pescuezo casi horizontal, el testuz, resignado y estrecho, las orejas largas, sudadas, oscilantes.

—Parece un buen caballo —dijo, dando una expresión deliberadamente sobria, a la emocionada piedad que lo embargaba.

—No lo parece, lo es —afirmó con orgullo el cochero—. Mire que en mi vida he conocido caballos; bueno, uno como el Noventa, jamás. Diga que usted lo ve cansado.

—¿Cómo no va a estar cansado con lo que anduvimos? —preguntó él.

—Y lo que anduvimos antes, ¿dónde lo deja? Tira de puro liberal —aseguró el cochero—. Otro caballo, con la mitad de fajina, ya no mueve un pelo. Es voluntario por demás. Yo le digo que se va a reventar.

—¿Hace mucho que lo tiene?

—El 11 de septiembre del año 19 lo compré en lo de Echepareborda. Y no vaya a creer que ha pasado una vida de lujo y de forraje. Yo siempre digo: si de tanto en tanto pudiera tomarle tan siquiera el olor al maíz, el Noventa no tendría que envidiar a ningún placer de Buenos Aires.

Ya no quedaban casas a los lados. Avanzaron por un callejón de tierra, entre potreros imprecisos. Por momentos la luna se ocultaba detrás de espesos nubarrones; luego resplandecía en el cielo. Había ese repugnante olor a humo dulce.

Algo ocurría adelante. El caballo había iniciado una marcha oblicua y muy lisa, intermedia entre el paso y el trote. El cochero tiró de las riendas; inmediatamente el caballo se detuvo.

—¿Qué pasa? —preguntó el doctor.

—Así el caballo no puede seguir —explicó el cochero—. Sea razonable, señor; hay que darle un respiro.

Valerga inquirió con voz adusta:

—¿Se puede saber con qué derecho usted me pide que sea razonable?

—El caballo se me va a morir, señor —argumentó el cochero—. Cuando entra en ese trotón, es la señal que ya no da más.

—Su obligación es llevarnos a destino. Por algo usted bajó la bandera, y el taxímetro, cada triqui traca, nos computa diez centavos.

—Llame al vigilante, si quiere. Ni por usted ni por nadie voy a matar mi caballo.

—Y si yo lo mato a usted, ¿el caballo va a llamar a las pompas fúnebres? Mejor es que le diga a su caballo que trote. Este parlamento empieza a comprometerme la paciencia.

La discusión había continuado en el mismo tono. Por fin, el cochero se resignó a rozar con el látigo a su caballo y éste a seguir trotando. Muy pronto, sin embargo, el caballo tropezó, lanzó un quejido casi humano y quedó tendido en el suelo. Con una sacudida violenta, el coche se detuvo. Todos bajaron. Rodearon al caballo.

—Ay —exclamó el cochero—. No se levanta más.

—¿Cómo no se va a levantar? —preguntó en tono animoso el doctor.

El cochero parecía no oírlo. Miraba fijamente a su caballo. Por fin, dijo:

—No, no se levanta. Está perdido. ¡Ay, mi pobre Noventa!

—Yo me voy —declaró Massantonio. Se movía continuamente y debía de estar muy próximo a un ataque de nervios.

—No moleste —le ordenó Valerga.

El peluquero insistió, casi llorando:

—Pero, señor, yo tengo que irme. ¿Qué cara va a poner la señora cuando me vea llegar a la mañana? Yo me voy.

Valerga le dijo:

—Usted se queda.

—Estás perdido, mi pobre caballo, estás perdido —repetía, desconsolado, el cochero. Parecía incapaz de tomar una resolución, de hacer nada por su caballo. Lo miraba patéticamente y movía la cabeza.

—Si este hombre dice que está perdido, opino que se le dé por muerto —argumentó Antúnez, con gravedad.

—Y después ¿qué? ¿Nos vamos a babuchas del cochero? —preguntó Pegoraro.

—Ésa es otra cuestión —protestó Antúnez—. Cada cosa a su tiempo. Ahora hablo del caballo apodado el Noventa. Opino que habría que despenarlo, de un balazo.

Antúnez tenía en la mano un revólver. Él miró los ojos del caballo tendido en el suelo. Por ese dolor, por esa tristeza, manifestaba su participación en la vida. Era horrible que ahí estuvieran hablando de matarlo.

—Le abono dos pesos por el cadáver —Antúnez le decía al cochero, que lo escuchaba alelado—. Se lo compro para mi viejito: el pobre es medio soñador. Tiene la ilusión de montar un día una comandita para desarmar animales muertos y venderlos al detalle: el cuero por un lado, la grasa por otro, si usted me entiende. Con el hueso y la sangre prepararíamos con el viejito un abono de primera. Usted no me creerá, pero en materia de abonos…

Valerga lo interrumpió:

—¿Por qué van a sacrificar un caballo en buen estado de conservación? Lo mejor es ayudarlo a levantarse.

—Si no —preguntó Pegoraro—, ¿quién nos lleva en asiento y lo más orondos a destino?

—Todo es inútil —repitió el cochero—. El Noventa se muere.

Él dijo:

—Habría que desprenderlo de las varas.

Con gran dificultad lo desprendieron. Luego empujaron hacia atrás el coche. El doctor recogió las riendas y le ordenó a él que tomara el látigo. «¡Ahora!», gritó el doctor y dio un tirón; él, con el látigo, trató de animar al caballo. El doctor empezó a impacientarse. Cada tirón de riendas era más brutal que el anterior.

—Y a vos, ¿qué te pasa? —le preguntó el doctor, mirándolo con indignación—. ¿No sabés manejar el látigo o le tenés lástima al caballo?

Los tirones habían lastimado la boca del animal. Rotas por el freno, las comisuras de la boca sangraban. Un abismo de calma inconmovible parecía reflejarse en la tristeza de los ojos. De ningún modo él usaría el látigo contra el caballo. «Si es necesario —pensó— lo usaré contra el doctor». El cochero empezó a llorar.

—Ni por sesenta pesos —gimió— conseguiré un caballo como éste.

—Vamos a ver —le preguntó Valerga—, ¿qué saca llorando? Hago lo que puedo, pero le aconsejo que no me canse.

—Yo me voy —dijo Massantonio.

Valerga se dirigió a los muchachos:

—Yo tiro de las riendas y ustedes lo levantan a pulso.

Él dejó el látigo en el suelo y se dispuso a ayudar.

—Esto no es boca ni nada —comentó Valerga—. Es una masa de carne. Si tiro, la deshago.

Valerga tironeó, los demás empujaron y, entre todos, incorporaron al caballo. Lo rodearon gritando: «¡Hurra!», «¡Viva el Noventa!», «¡Viva Platense!», dándose palmadas y saltando de alegría.

Valerga le habló al cochero:

—Ve, amigo: no había que llorar tan pronto.

—Voy a atarlo al coche —declaró Pegoraro.

Maidana se interpuso:

—No seas bruto —dijo—. El pobre caballo está medio muerto. Dejalo siquiera que resuelle.

—Qué dejarlo ni qué dejarlo —protestó Antúnez, esgrimiendo el revólver—. No vamos a pasar la noche al raso.

De buen humor, Pegoraro comentó:

—A lo mejor quiere que lo atemos a él.

Empujó el coche hacia el caballo. Antúnez, con la mano libre, trató de ayudarlo: tomó las riendas y dio un tirón. El caballo volvió a caerse.

Valerga recogió el látigo que estaba en el suelo; se lo mostró a Antúnez.

—Debería cruzarte la cara con esto —le dijo—. Sos una basura. La última basura.

Le arrancó las riendas de la mano y se volvió hacia el cochero. Le habló con voz tranquila:

—Francamente, maestro, me parece que su caballo quiere reírse de nosotros. Yo le voy a sacar las mañas.

Con la mano izquierda tironeó hacia arriba y con la derecha descargó sobre el animal un terrible latigazo; después otro y otro. El caballo se quejó roncamente; estremeciéndose todo, intentó levantarse; lo consiguió a medias, tembló, se desplomó de nuevo.

—Por piedad, señor, por piedad —exclamó el cochero.

Los ojos del caballo parecían desorbitarse en un frenesí de pavor. Valerga volvió a levantar el látigo, pero él se había acercado a Antúnez y, antes de que el látigo bajara, le arrebató el revólver, apoyó el caño en el testuz del caballo y, con los ojos bien abiertos, disparó.

XLIV

Gauna, recostado en la puerta del rancho, mirando el amanecer que, más allá de la quema, surgía de la ciudad, se preguntó si eran ésos los olvidados y mágicos episodios de 1927, que ahora, después de tres años de evocación imperfecta, sigilosa, ferviente, salió a recuperar. Como en un reflejado laberinto, en el carnaval de 1930 había hallado tres hechos del otro carnaval; ¿debería llegar hasta la culminación de la aventura, hasta el origen de su oscuro fulgor, para descifrar el misterio, para descubrir su abominable sordidez?

«Qué desgracia», pensó. «Qué desgracia haber pasado tres años queriendo revivir esos momentos como quien trata de revivir un sueño maravilloso»; en su caso, un sueño que no era un sueño sino la secreta epopeya de su vida. Y cuando pudo rescatar de la oscuridad parte de esa gloria, ¿qué vio? El incidente del violinista, el incidente del chico, el incidente del caballo. Las crueldades más abyectas. ¿Cómo el simple olvido pudo convertirlas en algo precioso y nostálgico?

¿Por qué había congeniado con los muchachos? ¿Por qué había admirado a Valerga? Pensar que para salir con esa gente dejó a Clara... Cerró los ojos, apretó los puños. Tenía que vengarse de las bajezas en que lo habían complicado. Tenía que decirle a Valerga cuánto lo despreciaba.

Miró el infinito azul del cielo. Las claridades y las nubes de la inventiva arquitectura del amanecer habían desaparecido. Empezaba la mañana. Gauna se pasó una mano por la frente. Estaba húmeda y fría. Sintió un gran cansancio. Entendió, de un modo rápido y confuso, que no debía vengarse, que no debía pelear. Quiso estar lejos. Quiso olvidarse de esa gente, como de una pesadilla. Inmediatamente regresaría junto a Clara.

Como era previsible, no regresó. Apeló de nuevo al fácil encono —repitiéndose «que sepan estos miserables lo que pienso de ellos»—; pero muy pronto se aburrió de esa actitud enérgica, lo invadió la indolencia y con una suerte de júbilo sutil y secreto se abandonó a lo que el destino quisiera. Para mí tengo que Gauna comprendió que si dejaba la aventura a mitad camino, le quedaría un descontento hasta el día de la muerte. Reclinado contra el marco, en la puerta del rancho, dejando que el tiempo pasara, figurándose a sí mismo como un hábil tahúr que, sin premura, poco a poco, observa sus naipes y porque no se impacienta sabe que es imbatible, procuró meditar sobre los hechos del carnaval del 27 y más bien estuvo distraído con lo que sentía en el presente y con su halagadora imagen del jugador. Sin embargo, porque el pensamiento camina por recónditos círculos y atajos, en medio de esa vaguedad Gauna se encontró descubriendo quién era el violinista ciego que él aterró misteriosamente (según le pareció entonces) en el patio de la casa de Barracas, el día que Clara le contó la salida con Baumgarten: era el mismo hombre que el doctor había agredido en la calle Godoy Cruz. El ciego se asustó porque le reconoció la voz; antes de que Valerga lo agrediera, él había pedido, como después en Barracas, que tocara otro valsecito. En cuanto a la amargura que ahora sentía, no había misterio: la destilaba la memoria de lo que para Gauna era aquel inexplicable desvío de Clara.

El perro bayo volvió a acercarse. Gauna dio un paso para acariciarlo: el paso retumbó dolorosamente en su cabeza, como una piedra arrojada en el agua inmóvil de un lago. Más tarde fueron saliendo del rancho los muchachos y el doctor, con los ojos entrecerrados y con expresión dolorosa, como si la blancura del día los lastimara. La mañana transcurrió en ociosidad. Alguien consiguió una botella de ginebra; echados a la sombra de un carro, la compartieron. A Gauna le molestaba el punzante y dulce olor de la quema; a los otros no, y amistosamente se burlaron de Gauna, porque éste se mostraba delicado. Mientras dormitaban, alrededor de sus fatigadas y doloridas cabezas volaban las moscas verdes.

A la tardecita llegó, a caballo, el dueño del rancho. Vestía traje de ciudad, con agarraderas de ciclista en la parte baja del pantalón. Lo seguían cuatro o cinco hombres a pie, en mangas de camiseta y con bombachas: sus peones. El patrón era un hombre robusto, de cincuenta y tantos años; con la amplia y risueña cara rasurada, con una sonrisa franca en la que se insinuaba, a veces, un interés o una ternura sospechosos de hipocresía. Llevaba el pelo rapado en la nuca y en los lados; los cortos brazos, el abdomen, las piernas, eran gruesos. Al saludar al doctor, el hombre inclinó todo el busto y pareció, con los rígidos brazos colgando, un muñeco con bisagra en el cuerpo. En la recolección de basuras, trabajaba por su cuenta; su renglón eran los productos medicinales y había llegado a ser una suerte de empresario, con una cuadrilla de peones que, diseminados por la quema, buscaban para él. A Valerga lo saludó con una cordialidad no exenta de pompa; a los muchachos casi los ignoró.

—¿Cómo va el trabajo, don Ponciano? —preguntó el doctor.

—Y, mi amigo, este oficio es como los demás. Tiene, una vez en la historia, su temporadita de auge y luego se le asientan para siempre las temporadas de tono encalmado, de pura miseria, con el perdón de la palabra. Pero yo no me quejo. La espina, si usted me sigue, propiamente la espina, el punto negro es el personal. Yo les pago como a reyes, a según las cotizaciones de esta quema, se entiende, y a según la rejunta es la paga. Pero me dan cada dolor de cabeza, que no hay antidoloroso argentino que valga. Créame cuando le juro que yo vegeto en un ay. Con el estimo que yo tengo por la decencia y por todo lo que es leal y bonito, se me tientan a juntar lo que no les corresponde, invadiendo la jurisdicción del colega, que se me viene como si le hubiera dado el enojo, con el cuchillo rabón en la mano. Imagínese usted un caballero, que vive de juntar oro y que si recoge una lengüetada de aceite de castor, pongo el caso, lo achuro por principio, ¿con qué buenos ojos verá a mi peonada, sonriéndole como potentados, con doble fila de postizos de oro?

El doctor debía de sentir mucho afecto por su amigo, ya que sin levantar protesta lo dejó hablar hasta el cansancio. Los muchachos quedaron admirados ante esa prueba de tolerancia y haciéndose cruces afirmaron que nunca vieron al doctor tan pacífico y tan bien dispuesto como en el presente carnaval. Después hubo una breve discusión entre el doctor y el amigo, en la que el primero volvió a hacer gala de su falta de acritud; la causa era que el amigo los invitaba a todos a comer con él y que el doctor, por buena educación, no aceptaba. Muy pronto llegó la señora que la noche anterior los había recibido con tan mal ánimo, trayendo la carne. Mientras la asaban —Gauna miraba las bolitas de plomo que se deslizaban por el cacharro que había sobre las brasas— el dueño del rancho recibía las bolsas que le entregaban los peones y las pagaba. La comida —churrascos resecos como suela, galleta marinera, cerveza— se prolongó hasta muy tarde. Lo principal, no hay para qué decirlo, era la cordialidad y la falta de apuro. El patrón los invitó a un baile de «alta fantasía» que daban esa noche en un chalet de la avenida Cruz.

—El elemento —explicó el patrón— es de primer agua. El anfitrión, que es un magnate, sabe vivir, entiende la vida, si usted me sigue, y recluta a las mujeres de Villa Soldati y de Villa Crespo. Yo tengo carta franca: puedo invitar a quien se me antoja, porque a mí me aprecia que es una barbaridad. Es un hombre interesante de conocer, que se ha formado a sí mismo, con sus propias manos, juntando algodones, que es el renglón que rinde y así no vale. ¿Para qué agregarle que se trata de un extranjero, de uno de esos ahorrativos con el ojo puesto en el centavo?

El doctor afirmó que él y los muchachos no podrían concurrir al baile, porque esa noche debían seguir para Barracas; el amigo se ofreció a hablar con el encargado del carro; explicó:

—Nunca andamos de mucho acuerdo, nosotros, los de la iniciativa privada, con estos vagos y holgazanes que viven del presupuesto y que llevan, si usted me entiende, la chapita oficial taponada en la frente. Pero yo la voy bien con todos y si ustedes van al baile esta noche, mañana, cuando el hombre salga a su recorrido, los llevará en el carro, así que viajarán lo más cómodos. De conseguirles el transporte para mañana, estoy seguro en un noventa y cinco por ciento.

Ni siquiera con la promesa del carro Valerga y Gauna aceptaron quedarse; pero todo se arregló bien. Al rato apareció el encargado del carro, trayendo, con las riendas puestas como cabestro, dos caballos moros.

—Tengo que atar —dijo a don Ponciano.

Los carros debían salir para limpiar un poco la ciudad de las serpentinas de la tarde. Don Ponciano le preguntó:

—¿Podría acercar a estos amigos?

—Voy a la avenida Montes de Oca —contestó el encargado—. Si les queda bien, conforme.

—Nos queda —respondió el doctor.

XLV

Cuando el hombre hubo atado el carro, el doctor y los muchachos se despidieron de don Ponciano. Subieron, el doctor y el
carrero, al pescante; Gauna y los muchachos, a la caja.

Siguieron la avenida Cruz, después doblaron a la derecha
por la avenida La Plata, donde los corsos empezaban a reani-
marse; en Almafuerte, Gauna vio una tapia con una Santa Rita;
pensó que era más fácil imaginar la muerte que el tiempo que
el mundo continuaría sin él; bajaron por Famatina, y por la
avenida Alcorta llegaron a un oscuro barrio de usinas y de
gasómetros; en la avenida Sáenz, algunos grupos de máscaras,
ínfimos y ruidosos, recordaban que era carnaval; tomaron Per-
driel y en la pendiente de Brandsen pasaron entre muros, ver-
jas y melancólicos jardines, con eucaliptos y casuarinas.

—El Hospicio de las Mercedes —explicó Pegoraro.

Gauna se preguntó cómo pudo creer que al entrar en los
tres días de carnaval recuperaría lo que había sentido la otra
vez, entraría nuevamente en el carnaval del 27. El presente es
único: esto es lo que él no había sabido, lo que derrotaba sus
pobres intentos de magia invocatoria.

En Vieytes, junto a la estatua, se detuvieron. El doctor bajó
y les dijo:

—Nos quedamos aquí.

Mientras el carrero ataba las riendas en la varilla del pescante y ponía la tranca, Valerga explicó a los muchachos, señalando el restaurant y parrilla El Antiguo Sola:

—En este restaurante y parrilla se come bien. Una cocina sin pretensiones, pero cuidada. Allá por el 23 me lo recomendó un peón de taxímetro: gente de roce, que viaja mucho y sabe comer. Después me pasaron el dato que un hermano del patrón es sobrestante en una firma de aceite. Así que de lo bueno aquí no se mezquina. ¿Ustedes saben lo que eso vale en estos tiempos? No lo pagan con oro, créanme. Además, como el barrio es medio apartado, ¿quién les dice que no nos salvemos de máscaras, murgas y otras yerbas? Porque eso sí, cada cosa en su lugar y la digestión pide calma.

Convidado por Valerga, el carrero entró a tomar una copa. Bebieron sus cañas junto al mostrador, mientras los muchachos esperaban sentados a la mesa. El patrón pareció no reconocer a Valerga; éste no se ofendió y, cuando el carrero hubo partido, en tono de cliente de la casa y de hombre conocedor, se extendió en indicaciones sobre el aceite, la carne y la mortadela.

La comida empezó con mortadela, salame y jamón crudo; siguió, luego, una fuente de carne con ensalada mixta. Valerga comentó:

—Acuérdense de ver si no han dejado sin aceite a la Singer.

El vino tinto corrió en abundancia. Después el mozo les ofreció queso y dulce.

—Es postre de vigilante. Tráiganos queso —replicó Valerga.

Entró una murga de cuatro diablos. Antes de que hicieran sonar los platillos, Gauna les alargó un peso. Como disculpándose, dijo:

—Prefiero quemar un peso a que nos aturdan con la bulla.

—Si te duele el gasto, nos cotizamos —comentó con sorna Maidana.

Mientras los diablos agradecían y saludaban, Valerga sentenció:

—No me parece aconsejable invertir en mamarrachos.

Acabaron la comida con fruta y café. Antes de salir, Gauna pasó por el servicio. En una pared, escrita a lápiz, de mano torpe, había la frase: PARA EL PATRÓN. Gauna se preguntó si Valerga habría andado por ahí; pero él había bebido tanto vino tinto que no se acordaba de nada.

Para refrescarse caminaron un poco. El doctor se encaró con Antúnez:

—Pero decime, ¿vos no tenés sentimiento? Si yo supiera, en una noche así, me pondría a cantar a pleno pulmón. A ver, cantá «Don Juan».

Mientras Antúnez cantaba, como podía, «Don Juan», Valerga, mirando unas casitas bajas y viejas, comentó:

—¿Cuándo, en lugar de esta morralla, se levantarán aquí fábricas y usinas?

Maidana se atrevió a proponer la alternativa:

—O un barrio de casas chiches para obreros.

XLVI

Empezaron a sentir sed y, haciendo bromas sobre la seca y comparando sus gargantas a un motor engranado o a papel de lija, llegaron al bar El Aeroplano, frente a la plaza Díaz Vélez. Cerca de la mesa que ocuparon había dos hombres bebiendo: uno apoyado contra el mostrador, el otro acodado en una mesa. El del mostrador era un muchacho alto y alegre, de aspecto despreocupado, con el sombrero puesto en la nuca. El otro era menos delgado, rubio, de piel muy blanca, de ojos celestes, pensativos y tristes, de bigote rubio.

—Vea, amigo —explicaba el rubio, en voz alta, como si quisiera que todos lo oyeran—, el destino de este país es bastante raro. Dígame, si no, ¿qué dio fama a la República en todo el mundo?

—La gomina —contestó el del mostrador—. La pasta tragacanto, que viene de la India.

—No sea bárbaro, che. Hablo en serio. Vaya tomándole el peso: no me refiero a la riqueza, que antes de la recuperación y del saneamiento, ya éramos el poroto máximo al lado de los yanquis, ni del kilómetro cuadrado, que ni en la más tierna podíamos admitir que el Brasil lo tuviera por partida doble, ni de las cabezas de ganado ni de la agricultura, que si usted se descuida hay más en los mercaditos de Chicago que en el mismo granero de la República, ni del mate, esa bebida que nos agaucha a todas horas y viene, en bolsas, del Brasil y del Paraguay; ni pretendo aburrirlo con libritos y ni siquiera con la mejor gloria de nuestros plumíferos, las criolladas, marca Martín Fierro, que fueron inventadas por Hidalgo, qué pucha, un mocito de la otra banda.

Bostezando, el del mostrador replicó:

—Ya dijo a lo que no se refiere; ahora diga a lo que sí. A veces me pregunto, Amaro, si usted, por lo charlatán, no se estará volviendo gallego.

—Ni en broma lo diga, que por ser tan porteño como usted, aunque no lleve el gabacho en la nuca, le canto estas verdades con el corazón quemándome en las manos, como las papas fritas que sirven en la pasiva del Paseo de Julio. Si es para morirse, Arocena. No hablo de cosas de poca monta. Le hablo de los legítimos títulos de nuestro orgullo, que no se discuten y que se abrevan espontáneamente en la savia generosa del pueblo: le hablo del tango y del fútbol. Pare la oreja, mi amigo: según ese defensor de todo lo nuestro, el finado Rossi, que vivía en Córdoba y era, cuándo no, oriental, el tango, nuestro tango, más criollo que el feo olor, embajador argentino bailado en Europa y discutido por el mismo Papa en persona, nació en Montevideo.

—Le participo que si usted escucha a los uruguayos, todos los argentinos nacimos allí, desde Florencio Sánchez hasta Horacio Quiroga.

—Por algo será, che. Ni para qué mentar a Gardel, que si no es francés, lo reivindico uruguayo, ni para qué recordar que el más famoso de los tangos también lo es.

—Ya no aguanto —declaró Gauna—. Y perdone que me entrometa, pero por mal argentino que uno sea no va a comparar esa basura con «Ivette», «Una noche de garufa», «La catrera», «El porteñito» y qué sé yo.

—No hay motivo para sulfurarse, joven, ni para convertirse en catálogo de la Casa América: yo no dije el mejor; dije el más famoso. —Luego, como olvidado de Gauna, siguió hablando con el del mostrador—. Y en cuanto al fútbol, el deporte que practicamos desde la cuna, en la calle y con pelota de trapo; el deporte que apasiona a todos por igual, a gobierno y a oposición, y que nos ha dado la costumbre de pasearnos en camiones gritando al indiferente: «¡Bo-ca! ¡Bo-ca!»; en cuanto a ese deporte que nos ha hecho famosos en la total redondez del orbe, compañerazo, hay que hacerse a un lado: vuelta a vuelta nos ganan los uruguayos, son los olímpicos y son los mundiales.

—¿Y por qué me deja las carreras en el tintero? —preguntó el del mostrador—. Yo no hago acuerdo, pero me parece que Torterolo o Leguisamo son uruguayos o le andan raspando.

Dicho esto, el llamado Arocena tomó posesión de un *sandwich* especial que había debajo de una campana de vidrio, y agregó:

—Con este refuerzo tal vez recupere la memoria.

El doctor comentó en voz baja:

—Para mí que hay gato encerrado. —Hizo una pausa—. Ahora soy yo el que está juntando presión; pero no creo en reprimendas de palabra.

Olvidando los rencores, Gauna lo miró con la prístina admiración intacta, deseando creer en el héroe y en su mitología, esperanzado de que la realidad, sensible a sus íntimos y fervorosos deseos, le deparara por fin el episodio, no indispensable para la fe, pero grato y atestiguador —como para otros creyentes, el milagro—, el resplandeciente episodio que lo confirmase en su primera vocación y que le devolviese, después de tantas contradicciones, la venia para creer en la romántica y feliz jerarquía que pone por encima de todas las virtudes el coraje.

Mientras tanto, el del sombrero en la nuca decía algo; decía:

—Pero, en fin, no sólo buen nombre ganamos por esas tierras de Dios, porque mire que en los cabarets de Francia y de la California abunda el argentino de cabeza planchada que vive de presentarle a usted cada mujer que, francamente, ni que lo tomara por ciego.

—¿Y eso qué tiene que ver con la otra banda? —preguntó el que estaba acodado en la mesa.

—¿Cómo qué tiene que ver? Si todos se llaman Julio y son uruguayos.

—Ahora va a resultar que ni para tratar con mujeres servimos los criollos —comentó el doctor; levantando la voz, ordenó—: A ver, mocito, sírvales algo a estos señores, para que nos expliquen por qué somos tan infelices. Ellos han de saber.

Los hombres pidieron guindado.

—Uruguayo, che, porque los de aquí no valen gran cosa —dijo el rubio, dirigiéndose al mozo.

—Es bebida liviana —acotó Pegoraro.

—Propia de mujeres —añadió Antúnez.

—Al señor este lo conocemos por el Largo o el Pasaje Barolo —dijo rápidamente Maidana, señalando a Antúnez—. Mide más de un metro ochenta. ¿Ustedes creen que si lo buscan con lupa, en todo Montevideo, van a encontrar un edificio parecido al pasaje Barolo? Yo no sé, porque nunca estuve, ni falta me hace.

El doctor explicó a Gauna en voz baja:

—Los muchachos son como cuzcos, como cuzcos ladradores, que te preparan la caza o más bien te la echan a perder.

Verás, en cualquier momento empiezan a tirarles migas o terrones de azúcar.

No ocurrió esto. No hubo tiempo. Inesperadamente, el del sombrero en la nuca dijo:

—Buenas noches, señores. Muchas gracias.

También dijo «muchas gracias» el rubio. Los dos salieron tranquilamente. El doctor se levantó para seguirlos.

—Déjelos, doctor —intercedió Gauna—. Déjelos que se vayan.

Hace un rato estaba deseando que los peleara. Ahora no.

El doctor esperó que acabara de hablar; después dio un paso en dirección a la puerta. Persuasivamente, Gauna lo tomó de un brazo. El doctor miró con odio la mano que lo tocaba.

—Por favor —dijo Gauna—. Si usted sale, doctor, los mata. El carnaval dura hasta mañana. No interrumpamos el holgorio por esos perfectos desconocidos. Yo se lo pido y no olvide que usted es mi convidado.

—Además —aventuró Antúnez, deseoso de evitar situaciones desagradables—, todo pasó entre criollos. Si hubieran sido extranjeros, no podríamos perdonar la ofensa.

—¿Y a vos quién te ha preguntado algo? —le gritó, furioso, el doctor.

Reconocido, Gauna pensó que a él Valerga lo trataba con deferencia.

XLVII

Bajaron por Osvaldo Cruz hacia Montes de Oca. El establecimiento que visitaron en 1927 era actualmente una casa de familia. Maidana dijo:

—¿Cómo serán las señoritas que viven aquí?

—Serán como todas —contestó Antúnez.

—Con la *diferiencia* —comentó Pegoraro.

—Yo no veo qué tiene de particular —aseguró Antúnez.

—Para divertirlas —continuó Maidana— los muchachos del barrio harán toda clase de alusiones.

Entraron en varios almacenes. El doctor parecía ofendido con Gauna. Éste lo miraba con un afecto renovado, en que había algo de filial. El resentimiento de Valerga casi lo conmovía, pero no lo preocupaba demasiado; le importaba la reconciliación, el impulso de amistad que él ahora sentía. No eran las fatigas de la confusa jornada, ni las muchas copas, lo que lo llevaba a olvidar y a preferir los enconos de la mañana; era, sin duda, lo que sintió en el bar de la plaza Díaz Vélez, cuando el diálogo de esos desconocidos había perturbado y vejado, por así decirlo, muchas de sus más cariñosas creencias y cuando Valerga, fiel a sí mismo o a la idea que de él había tenido Gauna en los primeros tiempos, se levantó como una torre de coraje.

Por Montes de Oca buscaron algún hotel para pasar la noche. Casi entraron en el de Guimaraes y Moreyra, pero como vieron que abajo había una cochería, siguieron de largo.

—Lo mejor —opinó Valerga— será que veamos al rengo Araujo.

El rengo Araujo era el propietario, o más bien, el sereno, de un corralón de materiales de construcción de la calle Lamadrid. Los muchachos quedaron maravillados. Ladeando la cabeza, comentaban el caso increíble. Pegoraro hacía notar:

—Un hombre de Saavedra, como el doctor, ¡con una red de conocidos en los parajes más remotos y hasta en barrios considerablemente apartados, por no decir periféricos!

—Tan adherido a Saavedra como el propio parque —añadió Antúnez.

—No me parece extraordinario —aventuró Maidana—. Nosotros también somos de Saavedra y aquí nos tienen.

—No seas bárbaro, che, son otras épocas —lo reconvino Pegoraro.

—Éste —dijo Antúnez indicando a Maidana—, con el prurito de restar méritos, no respeta a nadie.

Pegoraro alcanzó al doctor, que iba adelante, con Gauna, y le preguntó:

—¿Cómo se las arregla, doctor, para tener tantos conocidos?

—Aparcero —contestó Valerga, con una suerte de triste orgullo—, cuando todos ustedes hayan vivido lo que yo, verán que si no fueron siempre los grandes trompetas, habrán cosechado por este mundo de Dios una caterva de amigos, porque de algún modo hay que llamarlos, que en la hora de necesidad no les negarán asilo para la noche, aunque más no sea en este corralón infestado de ratas.

Mientras el doctor llamaba a la puerta, Gauna pensaba: «Si fuera otro, como castigo del destino por haber dicho esa frase, le negarían la entrada; pero el doctor es el tipo de persona a quien eso nunca ocurre». Por cierto que no le ocurrió. Del otro lado de la tapia, Araujo se acercaba, interminablemente al parecer, rengueando y protestando. Abrió por fin la puerta y en medio de los saludos apenas insinuó un movimiento de retroceso y de alarma cuando advirtió, en la sombra, a los muchachos. El doctor se apoyó en la puerta, acaso para impedir que el amigo la cerrara, y habló con voz tranquila:

—No se me asuste, don Araujo. Hoy no venimos para asaltarlo. Los caballeros, aquí, salieron a favorecer las fiestas y ¿qué me dice?, tuvieron la gentileza de pedirle a este viejo que los acompañara. Bueno, la noche se nos vino encima y yo pensé: «Antes de ir a dar a un hotel, más vale acordarse del rengo».

—En lo que hizo perfectamente —declaró el rengo, ya calmado—. En lo que hizo perfectamente.

El doctor continuó:

—A nuestra edad, no hay levante, amigo Araujo. Si usted sale con gente joven, el que no tiene picardía lo toma por un maestro de paseo con los alumnos; si en cambio sale con los de su edad, es cosa de ir al banco de la plaza a tomar el sol y hablar a gritos. Yo creo que no nos queda más que sentarnos a matear solos, hasta que venga el señor de las pompas.

Rengueando y tosiendo, Araujo opinó que para ellos dos el destino reservaba mejores esparcimientos y muchos años de vida.

Hablaron de cómo pasarían la noche.

—Gran lujo no puedo ofrecerles —continuó el rengo—. Para el doctor, el sofá corto del escritorio. De veras me temo que no lo encuentre de su entera comodidad; pero nada mejor hay en la casa. En mis buenos tiempos lo he practicado: me echaba, de tarde en tarde, a ensayar un sueñito y al día siguiente era de ver: salía más encorvado que el viejo de la joroba. Yo malicio que los reumatismos no provienen, como pretenden algunos, de la situación poco saludable del mueble, sino de aplastarse la cabeza contra el respaldo. A los señores les daré unas bolsas limpitas. Rebúsquense algún lugar aparente y échense nomás, como si estuvieran en su casa.

Gauna estaba muy cansado. Guardó un confuso recuerdo de haber andado a tientas en la oscuridad, entre formas blancas. Muy pronto debió de echarse a dormir.

Soñó que llegaba a un salón, iluminado con velas, donde había una mesa redonda, muy grande, a la que estaban sentados los héroes, jugando a la baraja. No se encontraban allí ni Falucho, ni el sargento Cabral, ni nadie que Gauna pudiera identificar. Había unos mozos medio desnudos, no salvajes, tan blancos de cara y de cuerpo que parecían de yeso; le recordaban el Discóbolo, una estatua que hay en el club Platense. Jugaban a la baraja con naipes de tamaño doble y —otra circunstancia notable— de esos que tienen tréboles y corazones. Los jugadores se disputaban el derecho de subir al trono, vale decir, de ocupar el puesto principal y de ser considerado el primero de los héroes. El trono era un asiento como de salón de lustrar, pero más alto y más cómodo todavía. Gauna advirtió que un camino de alfombra roja, como la que había, según es fama, en el Royal, llevaba directamente hasta el asiento. Cuando procuraba entender todo esto, despertó. Se encontró echado entre estatuas, que, después explicó el rengo, mientras mateaban: eran Jasón y los héroes que lo acompañaron en sus aventuras. Gauna trató de llamar la atención de los muchachos sobre el hecho de que él hubiera soñado con esos héroes antes de saber que existían y antes de ver las estatuas. Pegoraro le preguntó:

—¿No te dijeron que aburrís cuando contás sueños?

—No sé —contestó Gauna.

—Es tiempo que lo sepas —declaró Pegoraro.

Araujo les pidió que, si no lo tomaban a mal, se retiraran un poco antes de las ocho, hora en que empezaban a llegar los peones y la señorita fea de la oficina. Disculpándose, agregó:

—Nunca falta el que va con el cuento y, ¿quién sabe?, a lo mejor, al patrón no le gusta.

—Con mucho *voulez-vous* —comentó el doctor— este rengo atrabiliario se permite despacharnos.

El doctor no hablaba en serio; quería, simplemente, mortificar al amigo. Éste protestaba:

—No diga eso, doctor. Por mí, quédense.

En un almacén de Montes de Oca al seiscientos se desayunaron con un café con leche completo, con felipes y medialunas. Ya cerca de Constitución, entraron en una casa de baños y, mientras «quedaban como nuevos con unos turcos», según la expresión del doctor, les plancharon y cepillaron la ropa. Almorzaron a todo lujo, en plena Avenida de Mayo; después, en un cinematógrafo, vieron *El precio de la gloria*, con Barry Norton, y en el Bataclán una revista que «francamente», comentó Pegoraro, «no estuvo a la altura». Comieron en un boliche del Paseo de Julio. Por unas monedas contemplaron vistas de la rambla de Mar del Plata, de la exposición de París de 1889, de unos obesos pugilistas japoneses en tomas y posturas y otras de personas de ambos sexos. Después, en un taxímetro de marca Buick, con la capota abierta, pasearon por los corsos y llegaron al Armenonville. Antes de bajar, Pegoraro marcó unos sietes, con el cortaplumas, en el cuero rojo del tapizado.

—Ya le puse la firma —dijo.

Hubo un momento desagradable, cuando el portero del Armenonville quiso negarles la entrada; pero Gauna le alargó un billete de cinco pesos y ante nuestros héroes se abrieron las puertas de aquel palacio encantado.

XLVIII

Ahora hay que andar despacio, muy cuidadosamente. Lo que
he de contar es tan extraño que si no explico todo con claridad no me entenderán ni me creerán. Ahora empieza la parte
mágica de este relato; o tal vez todo él fuera mágico y sólo nosotros no hayamos advertido su verdadera naturaleza. El tono
de Buenos Aires, descreído y vulgar, tal vez nos engañó.

Cuando Gauna entró en la fulgurante sala del Armenonville, cuando bordeó el lento y vivo tejido de máscaras que
bailaban algún vago fox imitado de algún vago fox de los años
anteriores, cuando olvidó su propósito, creyó que el buscado
milagro estaba ocurriendo; creyó que la anhelada recuperación
del estado de ánimo de 1927 por fin se producía y no sólo se
producía en él sino también en sus amigos. Dirán algunos que
nada muy extraño hay en todo esto: que él se había preparado
psicológicamente, primero buscando esa recuperación y luego
olvidándola, como quien deja una puerta abierta; y que también físicamente se había preparado, ya que el cansancio, al
cabo de andar tres días completos bebiendo y trasnochando
por los carnavales, debía de ser parecido en las dos ocasiones;
y que, por último, el Armenonville, tan lujoso, tan intenso de
luz, de música y de máscaras, era un sitio único en su experien-

cia. Por cierto que esto no parece la descripción de un hecho mágico sino la descripción de un hecho psicológico; parece la descripción de algo que sólo hubiera ocurrido en el ánimo de Gauna y cuyos orígenes habría que buscarlos en el cansancio y en el alcohol. Pero me pregunto si después de esta descripción no quedan sin explicar algunas circunstancias de la última noche. Me pregunto también si tales circunstancias no serán inexplicables o, por lo menos, mágicas.

Después de unos minutos encontraron mesa. Cada uno examinó el sombrero de fantasía que tenía sobre la servilleta. Ante la hilaridad de los muchachos y la indiferencia del doctor, Pegoraro se probó el suyo; los demás los apartaron, con intención de llevarlos a casa como recuerdo. Brindaron con champagne y, al levantar la copa, ¿a quién vio Gauna, bebiendo junto al mostrador? Como él se dijo, es para no creerlo: a uno de los muchachitos del Lincoln, al rubio cabezón que en 1927 apareció en ese mismo local. Gauna no dudó de que si buscaba un poco más encontraría a los tres restantes: al de la guardia de boxeador y de las piernas cambadas; al pálido y alto; al de la cara de prócer del libro de Grosso. Volvió a llenar la copa y volvió a vaciarla, dos veces. Pero ¿es necesario recordar con quién llegaron al Armenonville esos muchachitos, en la noche del 27? Por cierto que no y por cierto que ante los incrédulos y absortos ojos de Gauna, contra el mismo mostrador, hacia la derecha, con un vestido de dominó idéntico al que llevaba en el 27, estaba, inconfundiblemente, la máscara.

XLIX

A pesar de haberla previsto, la aparición lo turbó tanto que se preguntó si no sería una ilusión provocada por el alcohol. Indudablemente, no creía en esto —la presencia, la realidad eran evidentes— pero, cualquiera que fuese la causa, estaba muy conmovido y esas dos últimas copas de champagne lo habían afectado más que todas las grapas y todas las cañas anteriores. Por eso no trató de levantarse; agitó repetidamente una mano, para llamar la atención de la máscara. Esperaba que ésta lo reconociera y fuese a sentarse con él.

Mirando alternativamente a la máscara y a Gauna, Pegoraro comentó:

—No lo ve.

—Yo me pregunto cómo hace para no verlo —contestó Maidana.

—La pura verdad —convino Pegoraro—. Gauna se mueve tanto que ya marea.

Concienzudamente, Maidana declaró:

—Para mí que la del mostrador lo confunde con el hombre invisible.

Gauna, abstraído, se dijo: «¿Y si no fuera ella?». En sus cavilaciones de borracho llegó a una perplejidad casi filosófica.

Primero pensó que ese dominó y ese antifaz podían depararle una desilusión. Después, con alguna angustia, entrevió una alternativa que le pareció original, aunque tal vez no lo fuera: eliminados el dominó y el antifaz, nada quedaba de la máscara de 1927, ya que esos atributos eran lo más concreto de su recuerdo. Desde luego, estaba el encanto, pero ¿cómo precisar en la memoria una esencia tan vaga y tan mágica? Ignoraba si este pensamiento debía confortarlo o desesperarlo.

El mocito rubio se arrimó a la muchacha; dilatándose y frunciéndose en visajes, la miraba embelesado; la muchacha sonreía también, pero probablemente a causa del antifaz la expresión era más ambigua. ¿O esa ambigüedad sólo existía en su imaginación? Ahora el rubio la sacó a bailar. La sala era enorme; se necesitaba mucha atención para seguirlos con la vista entre los bailarines. A pesar del caimiento que le había entrado, no la perdería. Se acordó entonces de una tarde en Lobos, cuando era chico, en que seguía en el cielo, a través de las nubes, a la luna; estaban armando un molino y él se había encaramado en la torre todavía trunca; jugaba a pronosticar el momento en que la luna reaparecería entre los nubarrones, naturalmente acertaba, se alegraba y sentía una agradable confianza en las facultades adivinatorias que imaginaba descubrir en sí mismo.

En seguida se halló desorientado. Detrás del lento vaivén de unas cabezas de asno y de halcón, que eran como altísimos cascos, desapareció la máscara. Gauna quiso levantarse, pero el temor de caer y de resultar ridículo entre tanto desconocido lo contuvo. Para darse coraje, bebió unos tragos.

—Voy a tomar otra mesa —declaró—. Tengo que hablar con una señorita de mi relación.

Bromeando le dijeron muchas cosas que no escuchó —que estuviera a mano cuando llegara la cuenta, que les dejara la cartera— y se rieron como si verlo incorporarse fuera un espectáculo cómico. Por un rato olvidó a la máscara. Encontrar una mesa le pareció una tarea difícil y angustiosa. Ya no podía volver con los muchachos y no había donde sentarse. Muy desdichado, anduvo como pudo, hasta que de pronto, sin creerlo, se halló frente a una mesa vacía. Inmediatamente se dejó caer en una silla.

¿Lo estaban mirando los muchachos? No; desde ahí no los veía, así que tampoco podían verlo a él. Un mozo le preguntó algo; aunque no oyó las palabras, las adivinó y respondió muy contento:

—Champán.

Sin embargo, sus desventuras no habían concluido. No quería esa mesa para estar solo —si me ven solo, murmuró, qué vergüenza—, pero otros la ocuparían en cuanto él la dejara. Si no buscaba a la máscara, tal vez la perdería para siempre.

L

Por lo menos una de las personas que estaban esa noche en la sala del Armenonville compartió con Gauna la impresión de que un milagro ocurría. Para los dos testigos la apreciación del hecho no era, sin embargo, idéntica. Gauna había salido en su busca y cuando ya desesperaba lo había encontrado. La máscara no veía allí la simple, aunque maravillosa, repetición de un estado de alma; veía un prodigio abominable. Pero otra circunstancia, más personal, le ocultó aquel terror y se presentó ante ella como un nuevo prodigio, infinitamente vívido y feliz. En esa última noche de la gran aventura, Gauna y la muchacha son como dos actores que al representar sus partes hubieran pasado de la situación mágica de un drama a un mundo mágico.

Cuando por fin lo descubrió en su lejana mesa —con la frente apoyada entre las manos, tan desamparado, tan serio— la máscara corrió hacia Gauna. (El Rubio, en medio de una multitud de bailarines que lo empujaban, quedó solo, preguntándose si debía esperar ahí, porque le habían dicho «vuelvo en seguida»). La presencia de la máscara libró a Gauna del abatimiento en que lo habían sumido las últimas copas y las andanzas de tres días y tres noches de locura; en cuanto a ella, olvidó la prudencia, olvidó la intención de no beber y se abandonó a la felicidad de ser nuevamente maravillosa para su marido. Con estas palabras se ha dicho que la máscara era Clara. La de esa noche y la que en 1927 lo deslumbró.

La víspera —estoy hablando del 30, se entiende— don Serafín la había visitado en sueños y le había dicho: «La tercera noche va a repetirse. Cuida de Emilio». Para Clara este anuncio fue la confirmación definitiva y sobrenatural de su terror; pero no el origen. Si todos en el barrio sabían que Gauna había ganado plata en las carreras y que había salido con el doctor y con los muchachos, ¿cómo iba ella a ignorarlo? En el barrio sabían eso y sabían más; no faltó quien afirmara que Gauna era «el príncipe heredero del Brujo, estaba subscripto al boletín del Centro Espiritista y que su negro propósito en esa salida era encontrar de nuevo los disparates y las fantasías que vio, o que imaginó ver, en la tercera noche del carnaval del 27».

Por todo esto aquellos días fueron angustiosos para Clara. Luego el ánimo se le templó. Iría al Armenonville a encontrarse con Gauna. Pelearía por él. Tenía confianza en sí misma. Clara era una muchacha valerosa y, en la gente valerosa, la promesa de lucha despierta el coraje. Quedó casi libre de inquietudes; tenía un solo problema y tal vez fuera puramente un problema de conciencia, de esos que ya están resueltos cuando se plantean y que apenas consisten en resignar escrúpulos y prevenciones; el problema de Clara era encontrar quien la acompañara. Hubiera querido ir sola; pero no ignoraba que si llegaba sola al Armenonville corría el peligro de que no la dejaran entrar. Desde luego, Larsen era el acompañante indicado. Era el único a quien no hubiese recusado Gauna; era el único amigo con quien podían contar. Había que tratar de convencerlo; esto no era fácil; con el mayor empeño Clara lo intentó.

Después de cavilar una noche entera, creyó que sus probabilidades eran mejores si le hablaba de improviso, a último momento. No había, pues, que dejarse arrastrar por la impaciencia. En esos días, Larsen estaba curándose los restos de un resfrío. Clara conocía a Larsen y a sus resfríos; pensó que para la noche del lunes estaría repuesto; pero, si le daba tiempo, no dejaría de aprovechar la indisposición para negarse en el acto o, en caso de haber consentido, para recaer oportunamente.

La elocuencia y la estrategia ¿de qué valieron? Larsen movió la cabeza y explicó seriamente el riesgo de que el catarro, por el momento confinado a un punto debajo de la garganta, se convirtiera, ante la menor provocación, en un verdadero resfrío de nariz. Desilusionada, Clara sonrió. En la reflexión sobre caracteres como el de Larsen hay un consuelo. Son columnas en medio del cambio y de la corrupción universales; idénticos a sí mismos, fieles a su pequeño egoísmo, cuando uno los busca los encuentra.

No se dio por vencida. No podía explicarle todo: desde la calma de ese atardecer en el barrio, desde la cordura de esa conversación de viejos amigos, la explicación hubiera parecido fantástica. Larsen no manifestó demasiada curiosidad; pero era inteligente y debió comprender que Clara lo necesitaba; debió acceder. Parecería que rehusó para evitarse enojosas complicaciones. Sospecho que lo hizo para evitarse una sola complicación: ir a un lugar como el Armenonville, que lo intimidaba por desconocido y por prestigioso. Algunas personas encontrarán incomprensible esta cobardía; pero nadie debe dudar de la amistad de Larsen por Clara y por Gauna. Hay sentimientos que no precisan de actos que los confirmen y diríase que la amistad es uno de ellos.

Cuando comprendió que era inútil insistir, Clara dejó que Larsen partiera a sus tópicos y a sus fomentos, buscó una antigua libreta (tres días antes la había sacado del fondo del baúl) y llamó por teléfono al Rubio. Yo creo que para esta misión de acompañarla el Rubio era su «tapado», como se dice en la jerga de las carreras. Por lealtad hacia Gauna, había tratado de que Larsen la acompañara; pero Larsen tenía una desventaja: con él, a pesar de las previsibles copas, Gauna tal vez la hubiera reconocido; con el Rubio, en cambio, ya la había visto en su carácter de misteriosa máscara del 27, y al verlos de nuevo juntos no dudaría en reconocerla como la de entonces. Clara no tenía motivo para sospechar que Gauna alguna vez la hubiera identificado con aquella máscara.

LI

Debió insistir mucho para convencer al Rubio de que no la buscara antes de las once y, cuando esto ocurrió, para que la llevase directamente al Armenonville. A pesar de todo, no hay que juzgarlo con demasiada severidad. Clara lo había llamado: más de uno hubiera (hubiéramos) cometido el mismo error de creer que era para otra cosa. En una oscura y arbolada calle de Belgrano, el muchacho detuvo el automóvil, elogió a Clara, a su belleza y a su vestido de dominó y se lanzó a un último intento. Comprendió por fin que las negativas eran sinceras; procuró no parecer disgustado. Hablaron de los amigos comunes: de Julito, de Enrique, de Charlie.

—¿Hace mucho que no los ve? —preguntó el Rubio.

—Desde 1927. ¿Sabe una cosa?

—No.

—Me casé.

—¿Y qué tal?

—Muy bien. Y usted ¿qué hace?

—Poco o nada —contestó el Rubio—. Estudio Derecho, por obligación. Pienso todo el tiempo. ¿Sabe en qué?

—No.

—En mujeres y en automóviles. Por ejemplo, ando por la

calle y voy pensando: «Hay que cambiar de vereda, esa chica que está enfrente parece linda». O pienso en automóviles. Para serle franco, en este automóvil que me he comprado. ¿No se fijó que ya no me trae Julito en su Lincoln? Me compré este coche hace poco.

Era un automóvil verde. Clara lo elogió y trató de mirarlo con interés.

—Sí, no es feo —continuó el Rubio—. Marca Auburn, 8 cilindros, 115 caballos de fuerza, una velocidad increíble. ¿Ya la aburro? Estoy tan pesado que mis amigos, por sorteo, eligieron a Charlie para que me rogara, en nombre de todos, que no siguiera cansando con los Auburn.

Clara le preguntó por qué no estudiaba Ingeniería.

—¿Y usted cree que entiendo de mecánica? Ni una palabra. Si se nos descompone el carromato, no espere nada de mí; hay que abandonarlo en la calle. Estoy en la literatura del automóvil; no en la ciencia. Le aseguro que es una literatura pésima.

Llegaron al Armenonville. No sin dificultad, el Rubio encontró lugar para dejar el coche. Clara se puso el antifaz. Entraron.

LII

Cuando entraron en el Armenonville, Clara pensó: «¿Cómo saber si ha venido, cómo descubrirlo entre toda esta gente?». La orquesta tocaba «Horses», una piecita que ya era vieja. Si ustedes la escuchan, sin duda la encontrarán trivial y machacona. A Clara le impresionó como aciagamente fantástica: desde esa noche no volvería a oírla sin estremecerse. Comprendió que estaba asustada, que no sería capaz de verlo aunque lo tuviera delante de los ojos. El señor de frac, con el menú en la mano, levemente se inclinaba ante ella y ante el Rubio; lo siguieron, entre las máscaras.

En ese momento, cuando siguieron al ceremonioso hombre de negro, entre máscaras que bailaban, gritaban y tocaban silbatos insistentes e inexpresivos —o expresivos de su pura insistencia—, Clara se preguntó si estaría entrando en una sala mágica, donde la tercera noche del carnaval de 1927 iba a repetirse. «Que no lo encuentre», se dijo. «Que no lo encuentre. Si no lo encuentro, no hay repetición». En realidad, no temía que la hubiera. No le parecía probable que ocurriera un milagro. El hombre de negro los llevó hasta el mostrador del bar.

Con el entrecejo contraído, con voz grave, como si comunicara algo de fundamental interés, el Rubio explicó: «Di una buena propina. Verá que va a conseguirnos la mesa». Clara notó que el Rubio al hablar movía mucho los labios. Por alguna razón misteriosa esto la impresionó. Horas después, cuando cerraba los ojos, se le aparecían unos labios que se movían con repugnante elasticidad y también un juguete que ella tuvo en la infancia: una especie de pelota de goma, una carita blanquísima. Alguien se la había mostrado, diciendo: «Agapito, sacá la lengua». La carita, deformada por la presión de los dedos, emitía una desmesurada lengua roja. El recuerdo de esa cara y el de otra, grande, de payaso, con una enorme boca abierta, que era un juego de sapo, regalado por una de sus tías, cuando ella cumplió cuatro años, le traía siempre una vaga sensación de náuseas.

El Rubio la sacó a bailar. Ella pensaba: «Mejor que no lo encuentre. Si no lo encuentro, no hay repetición». Estaba pensando eso cuando lo vio. En seguida olvidó todo: el Rubio, el baile, lo que estaba pensando. En un arrebato, con el corazón oprimido por la ternura, corrió hacia Gauna. Cuando lo vio sin Valerga y sin los muchachos, creyó que sus previsiones eran descabelladas y que estaban a salvo.

Después dijo que debió sospechar, pero que no pudo; debió comprender que todo ocurría de una manera demasiado agradable y sin esfuerzo, como si obrara un encantamiento. Pero ella entonces no pudo comprender; o, si comprendió, no pudo sustraerse al influjo. He ahí el secreto horror de lo maravilloso: maravilla. La embriagaron, la envolvieron. Clara trató de resistir, hasta que al fin se abandonó a lo que se le presentaba como la dicha. En algún momento breve, pero muy profundo, fue tan feliz que olvidó la prudencia. Bastó eso para que se deslizara el destino.

Sin que nadie lo ordenara, un mozo les sirvió champagne. Bebieron, mirándose en los ojos. Con tono deliberado y solemne, Emilio dijo:

—Tal vez yo imaginé dos amores. Ahora veo que hubo uno solo en mi vida.

Ella entendió que la había reconocido. Estiró los brazos, le tomó las manos, reclinó la cara sobre el mantel y sollozó de gratitud. Estuvo a punto de quitarse el antifaz, pero recordó el llanto y pensó que primero debía mirarse en el espejo. La sacó a bailar. Entre los brazos de Gauna se sintió aún más dichosa, e infinitamente segura. Sonó entonces un platillo estridente, cambió la música, se volvió más rápida y más agitada, y todos los bailarines, como impulsados por un júbilo diabólico, se tomaron de la mano y corrieron serpenteando en larga fila. Volvió a sonar el platillo, y Clara se encontró en los brazos de un enmascarado y vio a Gauna con otra mujer. Trató de desasirse; el enmascarado la sujetó con firmeza y, mirando hacia arriba, echó una carcajada teatral. Clara vio que Gauna la miraba ansiosamente y le sonreía con triste resignación. El baile los apartó. Oh, los apartó espantosamente.

—Permita, señorita amable, que proceda a las presentaciones —declaró, sin dejar de bailar el charleston, el enmascarado—. Yo soy un escritor, un poeta, un periodista acaso, de una de las veintitantas repúblicas hermanas. ¿Usted sabe cuántas son?

—Yo no —dijo Clara.

—Yo tampoco. Basta saber que son hermanas, ¿no es verdad? ¡Y qué hermanas! Una resplandeciente gargantilla de muchachonas, a cual más joven y a cual más hermosa. Pero sin duda la más hermosa es la que lleva por rostro a Buenos Aires: su patria de usted, señorita. ¿No me va a decir que no es argentina?

—Soy argentina.

—Ya lo adivinaba. Qué ciudad padre, Buenos Aires. He llegado ayer y todavía no acabo de conocerla. Es la París de América, ¿no le parece?

—No conozco París.

—¿Quién puede decir que la conoce? Yo estudié allí, en la Ciudad Universitaria, tres años casi, ¿y usted cree que me atrevo a decir que lo conozco? De ningunísima manera. Hay quienes opinan que sólo en Italia puede uno hacer descubrimientos; según ellos, la belleza de París es demasiado construida y ordenada. Pues bien, yo les contesto a esos señores, yo descubrí algo en París. Fue la noche de un sábado, hacia el fin del invierno, cuando yo volvía de cenar con un grupo de amigos, toda gente agradable, a eso de las tres de la madrugada. No a las tres: a las tres y veinte, para ser exacto. Descubrí la Concorde. ¿Qué me dice de la Concorde?

—Nada. No la conozco.

—Debe conocerla, cuanto antes. Pues bien, yo descubrí esa noche la Concorde. Ahí estaba, con toda la iluminación, con las fuentes funcionando y nadie más que yo la veía. Ahí estaba el festín: los *sandwiches* y los pasteles sobre la mesa, el champagne a chorros, las velas en el candelabro de plata y los manteles de encaje, los lacayos de librea y de bronce, todo puesto, todo puesto para comensales ausentes. Si yo no paso, la fiesta se pierde.

Cuando la orquesta concluyó la pieza, el hombre, como un artista avezado, concluyó el discurso; pero en ese grato momento el propio anhelo de perfección lo perdió, ya que abrió los brazos para que el final fuera más patético. Clara huyó entre la gente.

LIII

Corrió hacia donde creía que estaba la mesa de Gauna. No la encontró. La buscó precipitadamente, porque temía que el enmascarado la siguiera. Cuando vio la orquesta en el otro extremo se sintió desorientada. Luego recapacitó: ahora tocaban un tango, así que no se trataba de la misma orquesta. La de jazz estaba en un extremo del salón; la típica, en el otro. En un momento, Clara se halló casi mareada, muy confusa. Las dos copitas de champagne que bebió con Emilio podían provocar el bienestar de hace un rato y acaso también el momento de abandono y de seguridad; pero no esa turbación. Era evidente que estaba aterrada; si no quería perderlo todo, tenía que dominarse. Clara se dirigió al bar.

Como en un delirio, se veía a sí misma caminando entre máscaras grotescas. No creo que deba atribuirse el desdoblamiento a la vanidad femenina; no creo que sea éste el caso de tantas mujeres, o tal vez haya que decir tantas personas, que en medio de una situación terrible sólo piensan en ellas. Se veía desde afuera, porque en cierto modo había quedado afuera de sí misma. Le parecía, en efecto, que no dependía de su arbitrio, sino de otro, más grande, que mandaba en aquel salón, desde el cielo. A Gauna, a Valerga, a los muchachos, al Rubio, al enmascarado, a todos los habían sustraído de sus voluntades. Nadie lo notaba, salvo ella; por eso veía las cosas, incluso su persona, desde afuera. Pero Clara se dijo que esto era un engaño: ella no estaba afuera; como a los demás, la dirigía el destino.

De acuerdo a lo previsto, el destino había tomado a su cargo la situación. Mientras pensaba en eso, intuyó que era falso, intuyó, tal vez, que el mundo no es tan extraño; mejor dicho, tiene su manera de ser extraño, fortuita o circunstanciada, pero nunca sobrenatural.

Miró hacia donde debía de estar la mesa de Gauna. Creyó saber cuál era la mesa. No reconoció a las personas que la ocupaban. En seguida, jubilosamente, vio a Gauna entre esas personas. En seguida las reconoció con horror: eran Valerga y los muchachos. Todo esto ocurrió en pocos instantes.

A su lado, en el bar, apareció el Rubio. Estaba muy contento; sonreía con sus labios elásticos y hablaba. «¿Qué quiere este demonio?», pensó. Entre sorprendida y asqueada, lo oía, como si el Rubio estuviera muy lejos, en otro mundo, y desde allí su estúpida voluntad de entrometerse la alcanzara. ¿De qué hablaba ese demonio? De su alegría de haberla encontrado. Y preguntaba, con muchas vacilaciones, torpemente, si creyó todo lo que él había dicho en contra de sí mismo. Lo decía con tanta modestia que ella, por compasión, le sonrió.

Cuando volvió los ojos comprendió que Gauna la había visto sonreír. Ahora estaba mirándola, con la expresión ensombrecida. No parecía tener tanto enojo como despecho y tristeza.

LIV

Con perplejo pavor, Clara siguió los movimientos de Gauna. Inmóvil, subyugada por el espanto de comprobar que todo se cumplía mágicamente, de acuerdo a las predicciones de la tarde lluviosa, vio cómo Gauna decía unas palabras a Valerga, se incorporaba, ponía un dinero sobre la mesa y lentamente se iba con los amigos.

La orquesta se había callado. La gente volvió a sus mesas. Hubo un momento extraño, en que el silencio y la quietud prevalecieron (por contraste, sin duda, con el bullicio anterior). Clara supo que los temores se habían confirmado: desde algún instante, imposible de precisar, el tiempo de ahora había confluido con el del 27. Luego se precipitaron las cosas: la orquesta rompió a tocar y Clara corrió en pos de Gauna y el Rubio la alcanzó y la tomó de un brazo y ella logró desasirse; pero el cruce de la sala, nuevamente repleta de bailarines, fue lento y laborioso. Llegó a la puerta, corrió hasta afuera: no vio a Gauna ni a los otros. Volvió a entrar. Se dirigió al portero —muy alto, con librea roja, larguísima, con botones de bronce, con cabeza pequeña, aquilina, con ojos pequeños, entrecerrados, con expresión irónica—; le preguntó:

—¿No vio salir a unos señores?

—Muchos salieron y muchos entraron —contestó el portero.

—Éstos eran cinco —aclaró la muchacha, reprimiendo su impaciencia—. Un señor mayor y cuatro jóvenes. No iban disfrazados.

—Mal hecho —contestó el portero—. Aquí todos estamos disfrazados.

Clara se dirigió a los gallegos del guardarropa. (Advirtió que el Rubio la seguía tímidamente). Uno de los gallegos contestó «creo que sí», pero el otro dijo que no vio nada.

—¿Ahora nomás? —preguntó—. ¿Cinco y sin disfraces? ¿Ni siquiera caretas? ¿Ni siquiera narices? No, señorita: los recordaría perfectamente.

El otro, cuando Clara lo miró, levantó los hombros y ambiguamente sacudió la cabeza.

Clara se volvió hacia el Rubio.

—¿Quiere hacerme un favor? —le preguntó.

—Lo que usted mande —contestó el Rubio.

Clara lo tomó de una mano y corrió con él hacia afuera. Le dijo:

—Lléveme en su automóvil.

—Espere un momento —pidió el Rubio—. Tengo que buscar el sombrero.

Clara no lo soltó.

—Lo busca después —murmuró—. Ahora no hay tiempo. Corra.

Corrieron hasta el automóvil. Alguien corría detrás de ellos; tuvieron la impresión de que los perseguían; el perseguidor alcanzó a echar algo dentro del coche, por la ventanilla: el sombrero del Rubio. Tras una maniobra espectacular y gran rechinamiento de neumáticos, el Rubio aceleró por Centenario, orgulloso, tal vez, de su Auburn. Clara lo dirigió hacia los lagos, primero, hacia el bosque, después. Por los caminos del bosque anduvieron despacio. Clara le pedía que iluminara, entre los árboles, con el buscahuellas. Estaba muy afligida.

—¿Qué pasa? —preguntó el Rubio.

—No pasa nada —contestó ella.

—¿Cómo no pasa nada? Usted no se porta bien conmigo —la reconvino el Rubio—. Desde hoy me está empleando y no me dice para qué. Si yo supiera, tal vez podría ayudarla. Explíqueme.

—No hay tiempo —aseguró Clara.

El Rubio insistió.

—No va a creerme —dijo Clara—. Tampoco importa que me crea. Pero es verdad y es horrible. Si perdemos tiempo, no podremos evitarlo.

—¿Qué es lo que no podremos evitar? ¿Y usted cree que así vamos a encontrar a alguien, con este faro? Más que suerte habría que tener. ¿A quién busca?

—A mi marido. Estaba en el baile. Nos vio.

—Ya se le pasará —afirmó el Rubio.

—No es eso. Usted no me entiende. Salió con unos compadres, unos amigotes que tiene. Él cree que son sus amigos, pero lo van a matar.

—¿Por qué? —preguntó el Rubio.

Con el buscahuellas iluminaron debajo de los puentes del ferrocarril. Clara le contestó con otra pregunta.

—¿Se acuerda del carnaval del 27?

—Me acuerdo —respondió el Rubio—. Me acuerdo cómo la ayudé a usted a sacar del Armenonville a un muchacho que a usted le interesaba.

—Ese muchacho ahora es mi marido —dijo Clara—. Se llama Emilio Gauna. Lo conocí esa noche.

—Usted me pidió que la ayudara a sacarlo. Yo no quería hacerle caso, pero la vi tan preocupada que no pude negarme.

Para sacarlo esa noche del 27, Gauna les dio trabajo. Había bebido considerablemente. El Rubio le sirvió otra copa. «Yo no entiendo de esto», dijo, «porque no bebo; pero tal vez surta efecto». Surtió; sin dificultad lo sacaron y lo metieron en un taxi. «¿Dónde lo remitimos?», preguntó el Rubio. Clara no quiso dejarlo. Anduvieron los tres dando vueltas por Palermo. El Rubio recordó por fin que Santiago y el Mudo, los cancheros del club KDT, ahora vivían en la casita del embarcadero del lago y después de mucho rogar consiguió que ella accediera a que dejaran ahí al borracho. Los atendió el Mudo, porque Santiago no estaba esa noche. Gauna quedó acostado en un catre, cubierto por una manta gris. Como premio, Clara permitió al Rubio que la llevara hasta su casa. El Rubio dijo: «Su amigo quedó en buenas manos. Gente excelente. Los conozco de toda la vida. Ya eran cancheros del club en los viejos tiempos en que Rossi lo dirigía y siguieron después con Kramer, hasta el fin. Me acuerdo cómo se entusiasmaban cuando jugábamos contra las quintas de Urquiza o de Sportivo Palermo; pero siempre perdíamos».

Estas reflexiones, o acaso lo que en ellas evocaba su infancia, al principio lo conmovieron; de pronto, sin embargo, le hicieron ver cómo la muchacha dos veces había jugado con él, dos veces le había infundido ilusiones para luego emplearlo desaprensivamente en sus enredos con otro hombre. Se enojó mucho. Detuvo bruscamente el automóvil.

—¿Sabés una cosa, mi hijita? —preguntó con una entonación que ella no le conocía.

Había frenado con la palanca, había parado el motor. Recostado contra la puerta, con una mano colgada en el volante, con el sombrero en la nuca, la miraba con los ojos entrecerrados, con expresión desdeñosa y hosca.

—¿Sabés una cosa? ¿No? Me cansé. Me cansé del empleo.

—¿Qué empleo? —preguntó Clara.

—De sirviente tuyo y de tus locuras.

—Por lo que más quiera, sigamos buscando. Van a matarlo a Emilio.

—¡Qué van a matarlo! Ese hombre te vuelve loca. La otra vez fue la misma historia.

El Rubio trató de abrazarla y de besarla.

—Sea bueno —le rogó Clara—. Sea bueno y escúcheme. La otra vez iban a matarlo.

—¿Cómo lo sabe?

—Voy a explicarle. Yo no lo conocía. Lo conocí aquella noche, en el baile. Y de pronto supe que tenía que sacarlo de ahí porque esos hombres iban a matarlo.

—Pura intuición, ¿eh?

—No sé, le aseguro. De lo que presentí aquella noche sólo hablé con usted. No hablé con él ni con mi padre. Antes de morir mi padre me recomendó que cuidara de Emilio. Mi padre me dijo…

Como si no tuviera sensibilidad ni escrúpulos, en ese momento Clara mintió. Envolver en la mentira a su padre muerto le pareció el recurso propio de una persona repugnante, pero no se detuvo. Comprendió que si decía: «Mi padre me habló de esto en su lecho de muerte y en un sueño», ante el Rubio la argumentación perdería fuerza. Estaba convencida de la atroz verdad de sus temores y quería que el Rubio la ayudara.

—Mi padre me dijo: «La tercera noche va a repetirse. Cuida de Emilio».

Aunque su padre le comunicó esto en el sueño, Clara no creía haber mentido en lo esencial, de modo que al seguir hablando no hubo cambio alguno en su voz.

—Emilio tenía que morir en los carnavales —dijo Clara—. Ahora comprendo todo: sin que yo lo supiera, la otra vez mi padre me mandó a buscarlo, para que yo interrumpiera su destino. Debo cuidar que no lo retome; tal vez ya sea tarde.

La reacción del Rubio consistió en preguntarle:

—¿Cómo puede creer?

—¿Usted no cree? —replicó ella—. ¿Sabe lo que Emilio me dijo hace un tiempo? Que esa noche del 27 se fue con sus amigos.

—Estaba en un estado que pudo imaginar cualquier cosa.

—Escúcheme, por favor. Me dijo que él estaba solo en una mesa y que me vio en el bar y que yo le sonreí a usted y que a él le dio rabia y que se fue con sus amigos. Bueno, eso no pasó la otra vez; comprende: nada de eso pasó la otra vez; pasó hoy; todo, tal como él me lo dijo. Emilio tuvo la visión porque los hechos estaban en su destino. Vio lo que debió ocurrir la otra vez, lo que está ocurriendo ahora. Y me dijo también que por cuestiones de dinero, con uno de ellos, un tal Valerga, un matón, peleó a cuchillo en el bosque. Si no lo impedimos, Valerga lo matará.

—Qué fe le tiene a su Emilio.

—Usted no conoce a Valerga.

El Rubio dijo:

—Seguiremos buscando.

Recorrieron el bosque, ayudados por el buscahuellas. Un rato después, el Rubio llegó hasta la casa del embarcadero y pidió a Santiago y al Mudo que ellos también buscaran.

LV

Y mientras tanto, ¿qué fue de Emilio Gauna?

En un abra del bosque, rodeado por los muchachos, como por un cerco de perros hostiles, enfrentado por el cuchillo de Valerga, era feliz. Nunca se había figurado que su alma fuera tan grande ni que en el mundo hubiera tanto coraje. La luna brillaba entre los árboles y él veía el reflejo en la hoja de su cuchillito y veía la mano que lo empuñaba sin temblar. Don Serafín Taboada le había dicho una vez que el coraje no era todo; don Serafín Taboada sabía mucho y él poco, pero él sabía que es una desventura sospechar que uno es cobarde. Y ahora sabía que era valiente. Sabía también que nunca se había equivocado sobre Valerga: era valiente en la pelea. Vencerlo a cuchillo iba a ser difícil. No importaba por qué estaban peleando. ¿Creyeron que él había ganado más plata en el hipódromo y querían saquearlo? El motivo era un pretexto: no tenía importancia. Vagamente sospechó ya haber estado en ese lugar, a esa hora, en esa abra, entre esos árboles cuyas formas eran tan grandes en la noche; ya haber vivido ese momento.

Supo, o meramente sintió, que retomaba por fin su destino y que su destino estaba cumpliéndose. También eso lo conformó.

No sólo vio su coraje, que se reflejaba con la luna en el cuchillito sereno; vio el gran final, la muerte esplendorosa. Ya en el 27 Gauna entrevió el otro lado. Lo recordó fantásticamente: sólo así puede uno recordar su propia muerte. Se encontró de nuevo en el sueño de los héroes, que inició la noche anterior, en el corralón del rengo Araujo. Comprendió para quién estaba tendido el camino de alfombra roja y avanzó resueltamente.

Infiel, a la manera de los hombres, no tuvo un pensamiento para Clara, su amada, antes de morir.

El Mudo encontró el cuerpo.